德语上海小说翻译与研究系列　张帆 / 主编

上海船票

——一个维也纳女人的流亡和避难

[奥] 弗兰西斯卡·陶西格 / 著
唐洁　张帆 / 译

世界知识出版社

图书在版编目（CIP）数据

上海船票：一个维也纳女人的流亡和避难 /（奥）弗兰西斯卡·陶西格著；唐洁，张帆译. —北京：世界知识出版社，2021.11

（德语上海小说翻译与研究系列）

ISBN 978-7-5012-6443-8

Ⅰ. ①上… Ⅱ. ①弗… ②唐… ③张… Ⅲ. ①中篇小说—奥地利—现代 Ⅳ. ①I521. 45

中国版本图书馆CIP数据核字（2021）第228912号

书　　名　**上海船票——一个维也纳女人的流亡和避难**
Shanghai Chuanpiao — Yige Weiyena Nüren de Liuwang he Binan

作　　者　[奥] 弗兰西斯卡·陶西格 / 著
译　　者　唐洁　张帆 / 译

策划编辑　贾如梅
责任编辑　王瑞晴
责任出版　赵　玥
责任校对　张　琨

出版发行　世界知识出版社
地址邮编　北京市东城区干面胡同51号（100010）
网　　址　www.ishizhi.cn
电　　话　010-65265923（发行）　010-85119023（邮购）
经　　销　新华书店
印　　刷　北京旺都印务有限公司
开本印张　880毫米×1230毫米　1/32　5¼印张
字　　数　127千字
版次印次　2021年12月第一版　2021年12月第一次印刷
标准书号　ISBN 978-7-5012-6443-8
定　　价　38.00元

（教育部备案）

上海外国语大学中德人文交流研究中心

系列成果

总 序

张 帆

大概是五年前，我参加了一场上海市政府决策咨询专家会，会议谈论的焦点多是经济发展、城市建设、社会管理、科技金融、文化产业等对接国家战略的应用性话题，文学俨然是这场学术盛宴中不合时宜的“零余者”。时代发展，对学者提出了更高的要求，一场“书斋里的革命”看似已是必然。可是，对于我这样一个多年从事德语语言文学工作的教书匠来说，学术转型，谈何容易。知识、思维、学养已然定型，离开文学本行的学术越界，无异于飞蛾扑火。思来想去，选定了一个较为折中的方向，姑且一试——围绕上海文化，立足文学阵地，利用德语优势，研究城市形象。

依照我的粗疏理解，文学形象学研究，尤其是跨文化的比较文学形象学研究，可以拓展文学研究的内涵，即从审美的途径延展到文化学、社会学、人类学、传播学、政治学等诸多领域。研究德语文学中的上海形象——乌托邦之美、恶托邦之罪、异托邦之实的书写，辨识小说中的“语词上海”与历史现实中的上海之间的叙述裂隙，揭示上海自开埠以来德国作家对上海的想象、夸饰、曲解和征用，进而分析德国文化之于上海形象、海派文化乃至中国观念的建构和演变历程；同时，反观以上海形象为表征的海派文化在何种向度上因德语文学的传播，参与和影响了近现代德国现代性的构想和进程。就目前“上海学”研究而言，这是一个颇有挑战性的新话题。这一越界研究自然有其他学科无法比拟的优势，文学作为一个城市无可争议的精神地标，对于文化形态及其包含的文化关系的把握，其价值绝不在史学资料铺陈和社会田野调查之下，相反，其通过更有意蕴的审美感受，言有尽而意无穷的想象空间，在一定程度上展示出更为宏阔的价值和意义。

开埠后的上海作为东西方文化、传统与现代文明交汇之地，成为西方人对中国想象最典型的具象符号。毫不夸张地说，有“万国博览会”之称的老上海以一城之力投射全球风貌，是当时世界文学和电影的最佳取景之地。“上海主题”，或者更确切地说，“上海传奇”，作为叙事母题曾风靡欧美。正如王德威在《想象中国的方法》中所言：小说之类的叙事文体，“往往是我们想象、叙述‘中国’的开端”。[①] 而“上海，连同它在近百年来成长发展的格局，一直是现代中国的缩影”，是其他任何城市难以匹敌的，它“提供了那用以说明现代中国已经发生和即将发生的新事物的钥匙”。[②] 因而，“上海”已不仅仅是一个单纯的地理名词、故事的背景，而是一个承载着丰富内涵的文化符号，构成故事的核心要素，拥有独立的叙述功

① 王德威：《想象中国的方法》，百花文艺出版社，2016年，第5页。

② 罗兹·墨菲：《上海——现代中国的钥匙》，上海人民出版社，1986年，第4—5页。

能，并“为它的书写者提供着语言、经验和叙述”。[1]就此而言，“上海小说”充当了西方想象中国的重要媒介，作家们勾勒出一个个他们心目中的上海乃至“中国”形象。借用法国当代形象学家达尼埃尔–亨利·巴柔的说法：形象是一种象征性的语言，一种承载着特殊文化意义的符号。[2]

事实上，在中国现代性的进程中，大上海云谲波诡、风起云涌，改良在上海，革命在上海，运动在上海，战争在上海，改革在上海，发展在上海，奇迹在上海……中西方知识分子云集在天堂和地狱的交汇处、天使和恶魔的混居地，思想文化交互激荡，多语种“上海文学”应运而生，展示了“文学上海”的世界性：眼花缭乱的异域风情，荡气回肠的爱情体验，命悬一线的历险，光怪陆离的奇遇……那些浮动在叙事与人物之间难以言喻的风光与情调，成就了一个都市的传奇，更近于呈现老上海的原汁原貌，是任何怀旧照片和资料都难以还原的。多语种“上海传奇”的广泛传播，宣传和强化了人们对上海的固有印象——魔都、东方夜巴黎、冒险家乐园、十里洋场、地狱上的天堂……在西方主导的话语格局中，老上海被固化为愚昧落后的“被启蒙者”。正如巴柔所言：“形象的一种特殊而又大量存在的形式”就是“套话”，而“套话”使得形象这一原本多义的文化符号逐渐演变为只表述单一文化意义的“信号”，从而建立起自我区别于“他者”的有效机制，并将在“二分法”

---

① 高秀芹：《都市的迁徙——张爱玲与王安忆小说中的都市时空比较》，载《北京大学学报》2003年第1期。

② 达尼埃尔–亨利·巴柔：《形象》，载孟华主编：《比较文学形象学》，北京大学出版社，2001年，第157—159页。

的对立或对照关系之中发挥作用。[①]

显然，“多语种上海小说”建构起的近乎“套话”的价值评判使上海形象屈从于“他塑”的尴尬境地。作为社会集体的想象物，套话“高度浓缩地表达了一个民族对异民族的认识和感受”，且“一旦形成就会融入本民族的集体无意识深处，潜移默化地影响着本族人对异国异族的看法”。[②]作为租界地的“宗主国”，英、法、日为母语创作的“租界小说”形塑了对上海的刻板性偏见。在已经大量译介的英日“上海小说”或“上海叙事”作品中，各种陋习，举凡烟、赌、娼、淫戏、淫书、无耻、下流、邪恶、坑、蒙、拐、骗、买官卖官、流氓、拆白党、白相人，无一不涉及，而所谓崇洋、奢靡、浅薄，也几乎无处不在，不可避免地有丑化上海形象之嫌。

当然，对于文学图景中这种流行的“上海印象”，德语作家自然也是不遗余力的，现代德语中甚至衍生出了“Shanghai-Roman”——“德语上海小说”这样的专有名词，足见上海题材在德语文学界的兴盛。然而，德国在上海缺乏专有的租借地，加之一战失败的创伤记忆，以及上海作为犹太人流亡的避难之所、西德左翼运动的“乌托邦飞地”、东德意识形态阵营的伙伴等诸多原因，使得德国作家所构建的上海形象，在承继西方传统观念和套话的基础之上，又生发出新的主题、视角与手法，较之英美文学、日本文学等更具客观真实性、情感认同

---

① 达尼埃尔–亨利·巴柔:《形象》，载孟华主编:《比较文学形象学》，北京大学出版社，2001年，第158—160页。

② 姜智芹:《欲望化他者：西方文学中的中国形象》，载《国外文学》2004年第1期。

性、审美复杂性、文化多元性，呈现出多彩斑驳的“上海形象”，并将海派文化这一“中国现代性”的理念和形态呈献给德国民众。形形色色的“文本上海”在对传统东方想象的解构与戏拟之中，在现代主义或后现代主义的叙事之中构建新的中国知识与想象，赋予现代德国文学对东方名城——上海的独特想象、文化记忆和历史镜像，在总体趋向性中形成了观照上海历史文化与现代性的“德意志视角”。

近年来，我已搜集“德语上海小说”百部/篇，但迄今为止，国内几乎未有译介；概因此类作品大多取材凡俗市井生活而被归为通俗文学，而难入“经典文学”之列，导致少有学者问津。但事实上，通俗文学作为一种模式化的“类叙事”，更能集中展示和承载海派文化的物象化表征，对研究德语文学如何在内容和理念上构建上海城市形象，并受到海派文化的反向传播与影响，是绝佳的素材。

三年前，我和我指导的学术团队开始着手翻译和研究这些精彩的德语上海小说，先期出版“德语上海小说翻译与研究系列”15部，以飨中国读者。该系列德语上海小说经过精心挑选，故事性和可读性强，主要涉及侦探、言情、商战、革命、抗战等题材，以跌宕起伏的好莱坞电影式情节引领了当时德国民众的阅读热潮，如今也将以其异域情调的叙事风格、独特的叙事视角以及丝丝入扣的情节吸引中国读者。它们一改德语文学思辨艰涩的风格，以简洁写实的笔调多维度、立体式呈现洋人、内地人、本帮人、犹太人之间的文化冲突、爱恨纠葛、家国情仇，生动还原了老上海的社会百态与人文风貌。

安娜·西格斯（Anna Seghers）是前民主德国作家协会主

席、享誉世界文坛的反法西斯作家。《安娜·西格斯中国作品集》辑录表现中国革命的小说、杂文、书信、演讲等，其中多篇作品以上海为叙事背景，在国内鲜有译介。如与中国女作家胡兰畦合写的《杨树浦的五一节》，讲述杨树浦的工人代表为庆祝“五一国际劳动节”策划罢工和示威游行的故事。《驾驶执照》以20世纪30年代初日寇入侵上海为背景，讲述一位被俘的中国司机与日本军官同归于尽的事迹。《计秒表》中，以泽克特将军为首的德国军事顾问为国民党出谋划策打内战，但冲锋号吹响后，士兵们却调转枪头，反戈相向，为正义和光明而战。

理查德·许尔森贝克（Richard Huelsenbeck）是德国达达主义主要创始人之一，小说《中国审判》是一部达达主义杰作，讲述了天真烂漫的德国少年埃米尔·布莱克尔曼和饱读诗书的维尔·施拉姆被投机商诓骗来到德国军火走私船“贝克尔市议会号”谋生，却遭到逮捕，审判释放后的两个人开始了在香港、上海等地颠沛流离的求生之路。他们所到之处，在华外国人的百态生活一一呈现：有的倾家荡产、有的成为替罪羊、有的投机发财、有的惨死战场、有的沦为流浪汉，怀揣发财梦的殖民者苟延残喘，前途堪忧……

弗里德里希·李希特内柯（Friedrich Lichtneker）的《台风登陆上海》以德国人的视角原汁原味摹写出20世纪20年代老上海的寡头政治、白人权力和工人革命的风貌。有人绝望地死去，有人一蹶不振，有人飞黄腾达，有人出卖爱情，有人丧失人格乃至国格，每个人的欲望、野心和爱情在一场革命飓风之后，该如何清算……

瓦尔特·佩尔西斯（Walter Persich）的《在上海做出决定》则讲述了一场德国人、中国人、日本人、俄罗斯人在上海、汉口、矿山小镇三地悄然展开的铁矿商战，官员、政客、商人纷纷卷入这场漩涡之中，争权夺利，国家博弈。与此同时，瘟疫的阴云笼罩在小镇上空。这一切是天灾还是人祸？德国商人普莱姆一行人能否带领小镇战胜瘟疫、让工厂重现生机？所有人的爱情和命运出路何在？中国，能否摆脱任人摆布的命运？决定，是否会在上海做出呢？

彼得·施特伦茨（Peter Strunz）的《上海要将我吞噬》背景是1940年前后的上海滩，那里暗流涌动，黑帮势力猖獗。小说标题向读者暗示，主人公的上海之旅暗藏着不安、危险和意外。为什么上海黑帮会绑架施特伦茨这个异乡人？遭遇袭击后的施特伦茨又经历了什么？朋友杜穆深这位神秘人物的真实身份是什么？在真相大白之后施特伦茨又会做出什么选择？小说情节紧凑，悬念迭生。“外滩”“汇中饭店”“黄包车”“黑帮头目”这些打着时代烙印的符号在这位德国作家的笔下显得熟悉而陌生、真实又虚幻。

胡戈·科赫尔（Hugo Kocher）的《苦力、走私犯与强盗——一则来自中国的小说》讲述了年轻的德国神父帕特·赫尔穆特在上海布道、救赎穷人的经历。当时的上海风起云涌，各色人等三教九流，赫尔穆特周旋其间，竭尽所能，不辞辛劳，给远在大山中的传教分站运送补给品。此时，给予他帮助的商人魏路请求神父帮他捎带一些神秘的箱子。魏路究竟是敌是友？神父赫尔穆特在执行任务时会遇到哪些威胁？他在上海的传教之路最终又会走向何方？

弗里德·略夫（Friedel Loeff）的侦探小说《上海恶魔》讲述了一个迷雾重重的案件：英国伦敦的一家诊所内，一名染上怪病的年轻人不治身亡，由此牵涉出另外三起死亡症状极其类似的病例，死者生前均在中国居留些许时日。极具侦探天赋的外交官约翰·罗伊前往上海调查此案。四名死者在上海居留时均出没于一名中国医生的社交宴会和舞会。罗伊以此为线索，一步步抽丝剥茧，最终将狡猾的犯人绳之以法。

罗伯特·雅克斯（Norbert Jacques）的《上海商人》讲述了一出惊险曲折的三角恋，既有东方神秘色彩的马来西亚魔法——血咒，又有中国玄学的意念操控，还有一系列谋杀中国人的案发现场，身心疲惫的男主角奈伊深陷爱情泥潭，又面临谋杀指控，最终洗脱罪名，在恐惧中与心上人逃离魔都上海。

君特·艾尔弗雷德·海因内克（Günter Erfried Heinecke）的侦探小说《上海来客》讲述了一起有关珠宝遗产的连环杀人案。诡异的事情接二连三地发生，几位合法继承人相继离奇横死。作为遗产托管人的律师协助警方查案，接连发现的证据指向两位来自上海的客人。这两位可疑的上海来客身上究竟隐藏着怎样的秘密？杀人凶手能否被绳之以法？连环谋杀案又与那座神秘的东方都市有着怎样的联系？

阿弗雷德·施洛考尔（Alfred Schirokauer）的《上海枪声》讲述了在闭塞的修道院内长大的德国女孩伊莎·霍费尔来上海投亲不成，举目无亲的她遇人不淑，不谙世事的德国少女与沉沦堕落的俄国瘾君子在繁华乱世的“东方巴黎”上演了一段荒诞而又离奇的际遇。东方与西方、闭塞与开放、落后与进步、善良与邪恶、文明与杀戮在上海错位交织……

恩斯特·阿道夫·比尔克豪泽（Ernst Adolf Birkhäuser）的《上海女孩》是一部带有浓厚东方元素的爱情悲喜剧。爱情围绕着眼睛的失明、复明，以及通过手术消除恋人之间种族和血统的差异展开。来自上海富商家庭的女主人公经历人生劫难，对自己的民族以及身份又会产生何种新的认识？跨越种族的爱情能否最终开花结果？

威廉·野原驹吉（Wilhelm Komakichi Nohara）的《埃尔文在上海——一则来自中国动荡年代的故事》以一对德国父子的视角描述他们在上海的所见所闻以及他们救助上海百姓免遭日军战火之苦的艰难历程。书中对于中国传统建筑、文化艺术的描述生动有趣，以德国人的独特视角还原了风韵犹存的老上海风貌。

乔·雷德勒（Joe Lederer）的儿童文学作品《阿凡在中国》围绕瑞士少年阿凡与中国少年阿程之间的友谊展开，他们从最初的互相看不顺眼，到后来成为朋友，再到后来一起经历劫匪事件，两个人相互陪伴、共同成长，纯真的友情不分国界。小说故事发生在20世纪30年代的上海，充满浓浓温情，有亲情、有友情、更有人间真情，是一部刻有浓厚老上海印记的德语儿童文学作品。

乌尔苏拉·梅尔彻斯（Ursula Melchers）的小说《蕾娜特和比尔在上海》以第一人称讲述了德国小女孩蕾娜特在上海的成长经历，及其与英国少年比尔的真挚情谊。两位小伙伴为寻找一份遗失的重要文件，在上海滩冒险游历，见识了上海的民生百态。上海沦陷后，比尔历尽艰难险阻，逃离日本人的魔爪，逃亡前夜，他与蕾娜特约定和平时期再见。战争结束后，蕾娜特一家被引渡回德国，离开了被她视如故乡的上海。多年后，她突然收到一封中国老熟人的信，这封信里究竟写了些什么？蕾娜特为何激动不已，动身前往东方……

汉斯·海因茨·辛茨曼（Hans-Heinz Hinzelmann）的自传体小说《哦，中国：古老道路上的国度——由西向东生命之旅的真实发现》，用富有表现力的语言形象地再现了一个流亡至上海的犹太难民的命运。读者透过作者的第一人称视角，体味犹太难民生活的艰辛，感受主人公最初遭遇文化冲击时的不安和惶恐，并领悟他逐渐理解并接受异乡文化的过程。通过辛茨曼的叙述，中国读者们或许可以从别样的视角加深对本国文化的了解，并对20世纪三四十年代的上海都市风情略窥一斑。

弗兰西斯卡·陶西格（Franziska Tausig）的自传《上海船票》以细腻质朴、略带幽默的语言真实地描绘了身为犹太难民的女主人公跌宕起伏的一生，塑造了一位勤劳乐观、坚强勇敢的独立女性形象。自传中不仅生动地刻画了众多犹太流亡难民的人物形象，还讲述了各国人民在上海的生存故事，勾勒出一幅千姿百态、繁冗复杂的上海多元文化景观。值得一提的是，德国当代女作家乌尔苏拉·克莱谢尔（Ursula Krechel）的著名长篇小说《上海，远在何方？》中的女主人公便是以弗兰西斯卡·陶西格为人物原型创作的。

此外，鉴于“犹太难民在上海”的文学文本相对匮乏，我们编选翻译了《上海犹太流亡报刊文选》，所涉报刊主要收藏于德意志国家图书馆和美国犹太研究机构，国内现有可用馆藏极少。二战时期，犹太流亡难民在上海创办了50余种报刊，我们从其中五份主要德语报刊中臻选出“以上海为叙事主题”的小说、杂文、诗歌等文学作品共140余篇，犹太文化与海派文化历史性交汇与碰撞，呈现出犹太难民感受上海、认识中国、反思自我的心路历程，身处上海的犹太难民之境况悉汇于此。

阅读这些德语上海小说，“上海性”被重新“发现”。外滩大楼、上海大厦、国际饭店、摇着小铃铛的有轨电车、老年爵士乐、百乐门舞厅、咖啡店、石库门、新式里弄、南京路、上海青楼、黑帮大亨、风月明星、阿飞艳史……“魔都”上海作为现代性、国际化大都市的繁华魅影和“上海味道”一览无余。异国文学中的上海文本，以“他者”视角揭示上海作为城市文化载体的多维立面与意义，从而在跨文化的城市叙事之中观照作为中国现代性滥觞的上海文化在“他者”眼中的想象与构建，进而在对异文化与自我文化的镜像式双向审视之中重新探讨、界定上海之于中国现代性的历史及文化意义。

德语“上海小说”无疑是研究不同时期上海乃至中国历史文化的重要文献，对此进行研究将对深化和丰富中国文化的自我认知模式大有裨益。本德语上海小说系列大多创作于20世纪三四十年代，且均为通俗小说和畅销书。这些通俗小说文本在其对日常生活与细节的描述之中成为见证现代上海的重要文献，具有重要的史料价值和学术价值，并将极大丰富和推动德语文学乃至西方文学中的上海形象研究。与此同时，透过文本“夸饰”与“误读”上海形象背后的文化动力路径，有助于中国学者探究这一时期德国的精神文化与民族心理。由此，对现代德语“上海小说”的阅读研究无疑将促进中德文化交流与理解，具有重要的现实意义。

此外，在德语上海小说系列翻译的基础上，我们撰写了研究论著《德语文学中的上海形象》，对近40部作品进行详尽解读，一是便于读者对德语上海小说有更加深刻的赏析和理解，二是推进挖掘德语上海小说的学术价值，为今后出版《德语上海小说研究文库》奠定基础。

“德语上海小说翻译与研究系列”作为（教育部备案）上海外国语大学中德人文交流研究中心的系列成果推出，值此出版之际，我要特别感谢上海外国语大学党委书记姜锋教授、科研处处长王有勇教授、德语系系主任兼中德人文交流研究中心主任陈壮鹰教授、德语系党总支书记谢建文教授的亲切关怀和鼎力支持。诚挚感谢我的导师卫茂平教授，铭记先生教诲，未敢丝毫懈怠。感谢德国弗莱堡大学Achim Aurnhammer教授，柏林自由大学Anne Fleig教授、Almut Hille教授，海德堡大学Gertrud Maria Rösch教授的学术交流与合作；感谢德意志学术交流中心（DAAD）外教Gabriele Otto博士、Maike Lechner女士，奥地利学术交流中心（ÖAAD）外教Andrea Plank女士的语言帮助。感谢国家“万人计划”青年拔尖人才项目、上海市“曙光计划”项目、上海市“浦江人才”项目对相关学术研究的资助。衷心感谢世界知识出版社章少红总编辑的鼎力支持和贾如梅编辑为审稿所付出的辛勤劳动。还要感谢参与丛书翻译和校对的每一位团队成员，她们虽然水平有异，但专注、认真、负责的态度，都值得称赞。因小说原作多为20世纪上半叶的德语旧文，翻译过程中，颇费踌躇的困难不少，如方言俗语、生僻旧字、花体印刷等，虽然我们尽心耗时，细致推敲，勉力而为，但粗疏错漏想必难免，敬请读者批评指正，见谅海涵。

2018年7月于海德堡

译 序

《上海船票——一个维也纳女人的流亡和避难》(*Shanghai Passage. Flucht und Exil einer Wienerin*)是奥地利犹太难民弗兰西斯卡·陶西格(Franziska Tausig，1895—1989)根据自己流亡上海的经历所创作的一部自传作品。在自传出版之前，陶西格曾在《社团》《维也纳工人报》等奥地利报刊上发表关于流亡经历和回忆上海的系列文章。2013年，维也纳维登区(第四区)设立了陶西格广场，以纪念弗兰西斯卡·陶西格。

德国当代女作家乌尔苏拉·克莱谢尔(Ursula Krechel，1947—)的长篇小说《上海，远在何方？》(*Shanghai Fern von wo?*)中的女主人公陶西格夫人原型就是《上海船票》的作者弗兰西斯卡·陶西格。小说《上海，远在何方？》在塑造弗兰西斯卡·陶西格这个人物时加入了虚构元素，以极富诗意的语言和打动人心的故事情节深受评论界好评，接连荣膺约瑟夫·布莱特巴赫奖(德国奖金最高的文学奖项)、德国批评奖、杜塞尔多夫文学奖等多个文学奖项。而自传《上海船票》则较为真实地还原了陶西格的人生经历。

1938年11月9日“水晶之夜”爆发后，德国和奥地利的犹太人惨遭纳粹迫害，被迫逃亡国外。美国、法国等众多西方国家，面对纳粹惨绝人寰的暴行，采取了限制性移民政策，几乎令欧洲犹太人陷入绝境。中国上海，这座当时被置于殖民管辖和不需要签证的东方大都市成为犹太人最后的避难地。一些早期来沪且声名显赫的犹太人为难民伸出了援助之手。1843年上海开埠以后，来自巴格达和印度的犹太巨商——沙逊家族、哈同家族和嘉道理家族来沪经商。他们不仅在商界叱咤风云，并且创立了社会服务机构，比如为来自欧洲的苦难同胞提供援助基金、搭建难民营，并想方设法帮助难民开办一些中小企业，增强其自食其力的能力。从1938年到1941年，大约有两万名德国和奥地利犹太人远涉重洋来到上海，尽管他们在贫困与饥饿中苦苦挣扎，生活与文化的巨大差异使他们无所适从，但在中国人民和世界各国犹太人的援助下，犹太难民在上海得以幸存。

随着时间的推移，犹太难民逐渐适应了上海的气候和环境，同时也极力保留着原来的生活方式。犹太难民在虹口提篮桥地区开办了许多咖啡馆、餐厅、面包房等，一时间虹口地区德文招牌林立，奥式露天咖啡馆也出现在街头和屋顶露天平台，维也纳轻歌剧剧场不断涌现。中国的土地上生发出一种维也纳亚文化，“小维也纳”由此而生。摆放着大理石桌子的维也纳咖啡馆，成为外国人和中国知识分子最喜欢的聚会地点。位于霞飞路997号的高雅餐厅“费雅客”，在整个上海家喻户晓。“白马”咖啡馆、在弗兰西斯卡·陶西格的回忆中扮演着重要角色的“科里布瑞”西餐厅，都颇受犹太难民的喜爱。

这部自传以第一人称展开叙述，弗兰西斯卡·陶西格既是叙事者，也是主人公。她用细腻质朴、略带幽默的语言描绘了

自己跌宕起伏的一生，塑造了一位勤劳乐观、坚强勇敢的独立女性形象。弗兰西斯卡1895年出生于奥匈帝国的蒂米什瓦拉，从小与父母居住在维也纳，家境优渥。原本幸福的生活在希特勒纳粹上台之后戛然而止。为了躲避纳粹铁蹄的践踏，弗兰西斯卡将儿子奥托送上了由基督教教友会组织的逃往英国的火车，一别就是八年，也是奥托最后一次见到父亲。正当弗兰西斯卡不停地寻找出逃机会时，她的丈夫被纳粹从家里抓走。这使得她的处境更加恶劣，情绪更加绝望。对于身处险境的犹太人来说，外逃的船票就像茫茫苦海中的救生圈。弗兰西斯卡花高价买来了一张伪造的船票，使丈夫得以暂时脱离危险。陶西格夫妇不断寻找离开维也纳的出路，但始终遭遇“上天无路，入地无门”的困境。在弗兰西斯卡对未来绝望之时，她在旅行社橱窗里偶然发现前往上海的“乌沙拉莫”号邮船还有最后两张船票，便倾其所有买下了这两张船票。弗兰西斯卡在自传中写道：“现在我把‘天大的幸运’——两张前往上海的船票，紧紧握在了手中。”1939年，经过九个星期不同寻常的海上之旅，陶西格夫妇和轮船上的四百多位犹太难民抵达遥远而陌生的远东第一大城市——上海。弗兰西斯卡用这样一句话总结了那段刻骨铭心的岁月：“上海岁月让我饱尝人世间的苦涩滋味。日子就像高脚杯，盛满了残酷无情的命运之酒，直到我饮尽最后一滴。”为了养活生病的丈夫，弗兰西斯卡在“科里布瑞”西餐厅烤制维也纳苹果卷和萨赫蛋糕。太平洋战争的爆发使犹太难民的境遇雪上加霜，在被迫迁入虹口犹太人隔离区之后，弗兰西斯卡原先工作的西餐厅关闭。她租下一间咖啡馆分店。精心装饰后的咖啡馆充满了浓浓的维也纳风情，然而咖啡馆的生意并非一帆风顺，故事情节一波三折。

在《上海船票——一个维也纳女人的流亡和避难》中，作者弗兰西斯卡·陶西格以流亡者的视角审视上海这个陌生的世界，不仅生动地刻画出德国、奥地利流亡者的生存故事，还讲述了英国人、俄国人、日本人等在上海的众生相，透过他们的故事折射出一个包罗万象的大千世界。在共患难的岁月里，犹太难民与中国人相识相知、和睦相处、真情相助。弗兰西斯卡的丈夫总是将多余的面包分给左邻右舍的孩子们，孩子们称他为“善良的面包师傅”。当大家得知他离世的消息后，许多人都潸然泪下。很多年过去了，弗兰西斯卡并没有忘记她与一位中国女孩结下的友谊。女孩因家境贫寒被父母卖给了妓院，弗兰西斯卡不顾旁人的眼光坚持和这位美丽如埃及女王“娜芙蒂蒂”的女孩成为朋友。弗兰西斯卡的丈夫去世后，“娜芙蒂蒂”陪她度过了人生中最孤单的日子。

二战结束后，犹太难民纷纷开始寻求一个可以永久居留的新家园，大部分人选择去美国、加拿大、澳大利亚、以色列四国，很少一部分人回到欧洲。弗兰西斯卡心中一直惦念多年未见的儿子。长久以来，正是这份无法割舍的思念之情给予弗兰西斯卡生活下去的勇气。1947年，弗兰西斯卡登上了返回欧洲的轮船，告别了居住八年的第二故乡上海。故事的结尾令人动容，儿子与母亲见面却不敢相认，年轻人礼貌地问道：“仁慈的女士，请问您是我的母亲吗？”弗兰西斯卡在自传结尾写道：“这个问题为我的流亡生活画上了句号，也成为故乡新生活的开始。”

这部自传讲述了一个横跨半个多世纪的感人故事，译者仿

佛跟随书中人物走过了半个多世纪的光阴，体会了欧洲犹太难民所经历的酸楚、苦痛、悲伤和遗憾，也被他们自强不息渡过难关的奋斗精神所感动。

目　录

第一章
“无忧无虑”的时光

5月的一个夜晚，三位男士坐在一间舒适惬意的客厅里，一边打着扑克牌一边喝着浓郁的热咖啡，时不时地斟上一杯色清透明的白酒，激动的情绪便稍微有所缓和。他们是三位医生，父亲、儿子和女婿。

每隔一段时间助产士蕾吉娜·施瓦岑博格都会从隔壁房间冲出来，悄声告诉几位男士羊水流出的情况。在这个紧急关头，我作为胚胎时高兴地于其中嬉闹过的羊水被抽走了。尖叫声、逐渐拉长的叫喊声扰乱着牌局。三人中的一人总是点点头并喃喃自语道：“好的，好的，很好。”施瓦岑博格不知道，这指的是步步临近的分娩还是扑克游戏。三位男士的妻子聚集在产床间，与产妇一起抱怨牌局。她们中的一人偶尔冲进隔壁房间严厉地指责自己的丈夫。男士们并没有因此而保持安静，而且他们认为也没有这个必要。我顺利地在1895年最为美好的一个5月的早晨降临人间。

虽然我是维也纳人，但却是在蒂米什瓦拉[1]出生的，因为我母亲总是在生孩子时回到她的家乡。那里有三位出色的医生：她的父亲、她的兄弟和她姐妹的丈夫。虽然他们只是在打牌，但仅仅在场就足以令人平静下来。

当我呱呱坠地时，人们却发现这场等候完全不值得。瘦小，超长的小手和干瘪的双腿，由于精疲力竭，嘶哑的呱呱叫声代替了真正响亮的啼哭。我躺在那里，懒到不想呼吸。

随着时间的流逝，我变得不那么瘦弱，人们也记不清楚我出生时的模样了。我在外祖父母家住了两个月。从靠窗的白色摇篮里我可以看到房子前面一片气势恢宏的绿油油的草坪，还有愚笨的白色羊羔，对它们我向来有着一种亲人般的好感。因此我学会说的第一个词就是“咩”。

7月的一个早晨，外祖父的马车夫将“拉罗”和“罗茜”这对灰马套上了四轮马车，送我们前往火车站。母亲和我登上了二等车厢，这在当时算是比较“好一些”的，因为大部分乘客坐的是三等车厢。在征得同行乘客的允许后，母亲将带来的一块大手巾绑在两侧的行李架上做成摇篮，并将我放进去。除了在布达佩斯短暂停留换乘外，去往维也纳的长途旅行持续了一个夜晚和接下来的一整天，我应该是非常幸福的，途中几乎没有让人生气的理由。

我相信，我不会再度过如此漫长的一段时间，其间没有激怒周围的任何人。在维也纳的火车站我认识了我的父亲，这对他来说一定是一个可怕的打击。他，不抽烟，不喝酒，热爱一

---

① 罗马尼亚西部城市，紧邻匈牙利大平原。1918年之前属于匈牙利。

切美好的事物。他自学绘画，可以毫不犹豫地为一副喜欢的画而支付一个月的收入。他期待的肯定是一个金色卷发、拉斐尔式天使般的小孩，而现在递给他的是一个乳臭未干的婴儿。“这孩子会变得好看些吗？”他可能这样问道。“但是先生，”在火车站等待我的还有来自摩拉维亚中部的保姆，她或许答道，“女大十八变。”我从未变得非常漂亮，但是我父亲对我的样子已经逐渐习惯，如果命运能够允许，他一定愿意忍受更长时间。

我就这样回到了家。但是我将心中的一块地方留在了南匈牙利的一个角落里。每一年当所有柜子都散发出臭樟脑的味道、第一批装有早熟水果的玻璃瓶子放在食物储藏室的架子上时，我们就要准备出发了。地毯被卷起来，厚重的皮沙发套上了亚麻布罩，粉刷匠把这间或者那间房子重新粉刷，清洁女工将地板擦上三到四遍。然后到了初夏，假期就要到来了。我总是特别激动，就好像在我心中小小的空白处卷出一根丝线。头发般细长的丝线却如铁一般坚硬，将我的心使劲儿拉到了那一边——第二故乡。直到那一天到来，四轮马车再一次到火车站来接我们，里面坐着我的外祖母。外祖母戴着她最漂亮的雪尼尔头纱披肩，打着一把花边伞，带着装有不同惊喜的小袋子，美好的事物在等着我们。

不知不觉中我在奥匈帝国首都维也纳慢慢长大，读完了小学、中学和继续教育学校。我的愚钝更多地令老师感到生气而并非愉快。与此相反，我常常为同学们带来欢笑。我已经记不清我做过些什么错误的事情。有一点我非常清楚，我从未因成绩优异被我的同学妒忌过。但这种平庸也有它的优势。我就像班上的小丑并自得其乐。“如果成为优等生而被全班同学憎恨的话，人能获得什么呢？”我怀着这样的想法并始终保持中等生的位置——一个无关紧要、被嘲笑、被忽视的位置。

外祖父从蒂米什瓦拉来看望我们的时光，成为儿时最美好的回忆之一。他在退休以后只能做儿子和女婿的代班医生，为农民、吉卜赛人、工厂工人和乡村绅士看病，有时候会来维也纳看我们。我相信，这一定是他和我生命中最幸福的日子。他总是穿着那件勿忘草蓝色的军服，因为穿这种制服的人可以免费乘坐火车一等车厢。但一旦回到家中，他就会换上一件简朴的呢绒长袍，穿上它比穿着那笔挺的皇帝阅兵服装舒服多了。然后我才被允许陪外祖父去他特别喜欢的普拉特——人民普拉特公园。“翠鸟”餐厅有女士合唱团演出，或者在“鲸鱼”餐厅，外祖父给自己和我买几根香肠，再喝上一杯啤酒。外祖父仔细地将香肠外皮剥下来放在盘子里，我趁其不备将香肠吃掉。外祖父稍后发现时，深叹了口气说道：“我觉得，弗兰西，你绝对不会成为一位优雅的女士。”他说得太对了！

1912年前后，按照当年的习俗我尽可能多地去参加舞会活动，而所有这些都是为了找到一个丈夫。作为来自“良好家庭”而且是那么“乖巧顺从”的女孩，我从来不会在没有父母陪同的情况下出席，或者至少在母亲的陪伴下。拥有一个男人，是当时年轻女孩们的终身事业。为此我们要学会用法语谈话，做精细的手工活，上厨艺课和缝纫学校。能够负担得起费用的人家就可以把女儿送进“高档的女子学校”。

我们当然还要学会所有当下时兴的舞蹈。人们必须跳好四对舞，当然还有华尔兹、波尔卡，以及舞会和小型舞会的结束舞。如果家里有好几个女儿，通常情况下只有年纪最长的那位跳舞。在我们家这项措施非常必要，因为我有一个亭亭玉立的妹妹。如果有一位新郎候选人出现，他一定会选我妹妹。全世界都会理解他的选择，我肯定成了剩下的“滞销货”。

在舞会活动上，年轻的男士们站在舞厅的中央，汇聚成男士的小岛，也被许多舞会宾客称为“傻瓜岛”。男士们打量着貌美如花的可爱姑娘们，她们坐在靠墙边的红丝绒或蓝丝绒沙发上，或者已经在装饰隆重的大厅里翩翩起舞。一旦做出选择，年轻人就会穿过人群走到沙发旁边或者微微鞠躬后带走正在跳舞的女士。

紧挨着姑娘们的地方，通常是一个小侧厅，在这“安逸之处”坐着年轻姑娘们的父母，他们保护着女儿们的“好名声”。“好名声”是年轻女孩最重要的标志之一。人们不停地提醒我：“失去了好名声，就失去了所有。”只是当时的我对于失去还没有任何概念。

有一天，外祖父建议母亲同我一起去黑山广场的军官俱乐部。那里经常会举办舞会活动，提供给年轻女孩熟悉社交圈的机会。

人们对此不抱太大希望。因为一位军官如果想要结婚，就必须缴纳相当多的保证金。级别越低，保证金越高。一名来自普通家庭的少尉，想要结婚就只能娶富贵人家的千金，这样才可以交得起昂贵的保证金。

我在那里应该寻找什么呢？没有来自富裕家庭的少尉，能够付起所有或者部分保证金，并且愿意娶我。有几个经常与我跳舞的少尉总是带着两双鞋来参加舞会。一双漆皮鞋整整齐齐地包在纸里，吊在大衣的中间纽扣上来回晃动。在黎明时分，这些年轻的男士们穿着另外一双鞋从黑山广场走回兵营。我与他们交谈甚欢，然而并没有遇到令全家都盼望女儿相识的那个人。

在我18岁时，我认识了一个男人。他带来了来自蒂米什瓦拉外祖父母的问候。他很胖，看起来可不止36岁，头顶如镜子般反光，是一位工程硕士。当他问我，我是否愿意成为他的妻子并随他搬到蒂米什瓦拉时，我想起了我的童年，想起了“医生房子”前面令人心旷神怡的草坪和周围馥郁芬芳的香味。这一点促使我同意了他的请求。

父亲为求谨慎处理此事便不假思索地去了蒂米什瓦拉。在那里，父亲听说我未婚夫欠下了巨额的赌债。他打电话要求我二者中选其一，欠债的新郎或者他——我的父亲。我选择了我的父亲，没有片刻的犹豫。

在蒂米什瓦拉的假期里，我认识了“他”。当时我在咖啡店里与一大群亲朋好友聚会。一段距离之外坐着12位激烈讨论的法律研究者。我的表兄弟是一名律师，为了参与他们的辩论便走向前去。过了一会儿，他和一位同事朝我们走来。这位同事用下面的话语开始了他的开场白：

“如果您愿意成为我的妻子，小姐，请不要在您的帽子上戴这样可怜的羽毛。”

我立刻回答：“如果您将我的羽毛与您的胡子相比，博士先生，它就像一把变疯狂的牙刷杂乱地装饰着您的上嘴唇，它一定显得魅力十足。”

我们的朋友都被逗笑了，并认为我有着一张真正的维也纳“厉害小嘴”。

我们在咖啡馆的聚会其实是一场告别。我们的假期即将结束，在蒂米什瓦拉只剩三天时间。那位年轻的律师在我们离开后搭乘最近的一趟火车来到维也纳，并请求父亲答应我嫁给他。他不问我是否贤惠持家、聪明伶俐、家境富裕或是明艳动人，他喜欢我原本的样子。

婚礼在维也纳举行，时间恰好在第一次世界大战爆发的一个月前。结婚旅行我们去了比利时。我们原本打算从那里前往伦敦。在奥斯滕德的酒店里，我丈夫也许发现了我不是一个完美的女人。酒店的长餐桌上摆上了餐前小菜——贝壳和精致的鱼炖肉、带馅鸡蛋、螃蟹配蛋黄酱、蘑菇配塔塔酱以及许多其他的美味佳肴——我将托盘上所有的贝壳都放入我的盘中。服务员脸色发白嘀咕着什么。我丈夫向他稍微示意了一下，服务员重新端来了一个装着小贝壳的托盘，其他客人可以接着挑选。我的脸涨得通红，想要把剩下的贝壳放回去，这时我丈夫握了一下我的手并将他的手指放在嘴唇边上。客人们都笑了，其中的一个人对我丈夫说："随她去吧，她还是个孩子呢。"

第二天，酒店前面的码头上传来的叫喊声将我们惊醒。一个男孩大声呼喊着，他一边沿着码头奔跑一边喊："奥地利公爵被杀掉了！"奥匈帝国皇储弗朗茨·斐迪南德大公在萨拉热窝被枪杀了。无忧无虑的生活就在此刻离我远去，取而代之的是一种恐惧的忧愁，这种感觉再也没有离开过我。人们猜测战争即将爆发，我问丈夫这是否是真的。"蠢货，"他答道，"为什么要发起战争呢？"但当我们准备前往伦敦时，他却跟我说，他已经把轮渡的票退了，房间也取消了。"看吧，你现在也相信战争将会爆发了吧？"他沉默地点点头。

我们返回了维也纳。在我父母家餐厅的桌子上放着一份电

报。“弗拉迪米尔叔叔已经启程了。”弗拉迪米尔·冯·吉斯男爵是驻贝尔格莱德的外交公使。从他在贝尔格莱德递交奥匈帝国照会并和工作人员离开公使馆大楼的那刻开始，奥匈帝国就进入了备战状态。我们搭乘快车回到了蒂米什瓦拉，回到我出生的地方。我们只在漂亮的家中短住了两天，之后我丈夫必须进驻军队司令部。

吉迪恩·冯·劳顿伯爵率领的第29步兵团正位于南匈牙利边境上的兹雷尼亚宁[1]。塞尔维亚士兵几乎没有人会讲德语或者匈牙利语。我丈夫也几乎听不懂他们的语言。

我负责运输父母从维也纳寄来的大家具，把它们装进大箱子运往兹雷尼亚宁。我丈夫已经租好了一个带家具和厨房的房子，营房正好就在对面。

在小城市兹雷尼亚宁，队伍不断地成立并组建为行军连队被派往前线。营房门口总是被人群包围着。妻子、母亲、父亲、土黄肤色的吉卜赛人、患痛风病的农民、依偎在母亲胸前的婴儿，所有人都想再多看一眼他们的丈夫、儿子和父亲。这些人佩戴花环唱着歌曲，仿佛是去参加教堂落成仪式而不是走向死亡。他们向火车站行进时，边唱歌边迈着整齐的队列步伐穿过主要街道，那些悲伤的母亲、父亲、新娘和兄弟姐妹紧跟在后面奔跑，凡是看到的人都不会忘记这一幕。我将永远不会忘记，一位年迈的老妪哀号着，踉踉跄跄地穿过街道，那些跑得动的人继续向火车站奔去，而腿脚不便的她孤身留在原地。“玛利亚·拉德纳的圣母，你听见我说话了吗？”她向天哭喊，

---

① 塞尔维亚伏伊伏丁那自治省的一座城市，人口约8万。——译者注

“每一年我都前去朝圣，可你现在还是夺走了我的孙子。我诅咒你。”可下一刻她又用手打自己的嘴巴，并跪在街道的尘埃之上：“对不起，仁慈的圣母，对不起，对不起，请在战争中保佑他。你听见了吗？对不起，请带他平安归来。只要你可以带他回家，我愿意戴上一百串玫瑰经念珠，跪拜前去朝圣。”

有一天，我丈夫也被编入了行军连队。在等待的几周里，在前线传来替补的命令之前，军团的队伍中发生了很大的骚动。六位后备军人必须由九个男人替代。

一天早上，陆军上尉舍德克来到了餐厅，他是一位和蔼的先生，体重大约150千克。以往他总是意气风发满面红光，今天却脸色苍白。他点了一杯啤酒和一杯烧酒。服务员送上啤酒，上尉想要将啤酒端到嘴边，双手却不停地颤抖，以至于杯子从手中滑落。下一秒他便从椅子上摔了下来。

先生们惊慌失措地从自己的座位上站起来，并试图将这个庞大的身躯扶起来。然而，直到两个如熊一般强壮的卫生员赶来后，舍德克才被抬上担架送回家中。

从仆人米克洛斯那里人们得知他主人舍德克情绪激动的原因。六个“拿撒勒人”[①]拒绝拿起武器。他们的宗教规定：禁止杀人或举起武器。

“好的，米克洛斯。”陆军中尉法比安说道，“对此我们已经知晓。数日前便已给军队指挥处发电报。但还没有得到回复。”

“命令，中尉先生。”法比安接着说道，“昨天夜里上尉先生已经接到了电报传来的命令，六个拿撒勒人必须在凌晨被处

① 来源于福音中对基督徒和叙利亚犹太基督徒的称呼。——译者注

以死刑。上尉先生已经在战壕里执行了处决命令。”

接下来的数周，舍德克上尉因严重的神经热病躺在医院里。他日夜不停地大喊大叫“开火！”然后号啕大哭。

这件事情发生之后，最高指挥部又下令将手无寸铁的拿撒勒人送往最前线。在那里上帝可以看到，他最忠诚的仆人，像牲畜一般手无寸刃地被屠杀。上尉舍德克因不适合服兵役被强制提前退休。这段日子令人忐忑不安，我们感到精疲力尽。几乎每天晚上都有人逃跑。此地充满了不安，就像战场已经转移到了兹雷尼亚宁。如果有人问，潘切沃和泽蒙的边界怎么样呢？大部分情况下人们会怒斥：“潘切沃起火了！”泽蒙区与敌人在贝尔格莱德可以算是正面交锋。因为那里与敌军只隔着多瑙河和塞尔维亚的萨瓦河。

晚上，接到了军队最高指挥部的指示，军队的物资必须在兵团的掩护下转移到塞格德。警报声和集合哨声吹响时，我们仍在营房对面的出租房里沉睡，就像人们只有在年轻时才能做到的那样。第二天早上，大部分军队已经在前往塞格德的路上了。

由于行军连队已为出发做好了准备工作，我那睡过头的丈夫并未受到任何影响。我又多待了几日，将我们的出租房处理妥当之后回到了维也纳的父母家。我们在蒂米什瓦拉的空房子一直由我丈夫的亲戚们帮着打点。

现在，我天天都在等待邮差中度过，几乎每天邮差都会送来一封我丈夫写的粉红色的战地明信片，我总是第一时间回复他。每天我都会寄给身处战场的他一份所谓的“爱心赠送”。为了给战场上的爱人们一份惊喜，女人们被自己不可思议的创造才能所振奋鼓舞。自己织的短袜、自己做的熏肉、自己烤的蛋糕和许多其他东西会放进“爱心赠送”小包裹运送到战场上。富裕人家还可以买一些真丝布缝制成衬衫。真丝衬衫能够防止衣服上的虱子咬人，但对于战争带来的大批虱子来说其效甚微。这种寄生虫引发的斑疹伤寒往往比武器和炮弹造成的死亡人数还要多。

如果有人没有收到邮差送来的信，她就会去同她丈夫在同一战场的邻居家打听，询问那位夫人是否收到了信。在祸福难测的共同困境里，邻里之间互相关心、慰藉彼此。之前许多人只不过点头之交，现在几乎每天都去邻居家坐坐。也许换作其他时候，频繁的登门拜访令人厌烦，现如今主人却对每一位客人都表示欢迎。战争持续时间越长，人们可以用来招待客人的东西越匮乏。然而，玉米面饼干和葡萄籽烘焙的咖啡也可以产生出伟大的和抚慰人心的友谊。令人难过的莫过于信里写着：“韦伯·鲁迪昨天阵亡。枪弹击中头部——立即身亡。”人们不敢直视这位上了年纪的寡妇的眼睛，这件事情压在人们的心头。他是她唯一的儿子，没有人有勇气告诉她。

战地明信片上只写着战地军邮代号，没有地名。有一天，我收到了一封写有地址的信：卢比恩维尔基。我的丈夫受伤了，现正躺在野战医院。信上写着医院的地址。这意味着，我必须立刻前往离医院最近的一个地方，从那儿应该会有一条路通向野战医院。父母认为我要到前线去的举动简直是丧失理智，无论如何也不希望我前去冒险。但是，第二天我收到了丈夫的来信：“我是多么地想念你，我想让你并请求你来到我身边。”我下定决心，无论以何种方式都要踏上前往医院的旅程。我向父母解释道，虽然兹雷尼亚宁也很靠近前线，但我还是平安返回了维也纳。我知道，我丈夫一旦恢复健康会立刻被再次送往前线，如果错过唯一能够见到他的机会，我将永远不会原谅自己。

这段战线处于庞大奥匈帝国的另一端。因为人们对边境军队缺乏完全的信任，他们被派往四面八方，远离家乡。在多子女家庭中，六个儿子生活在奥匈帝国并在奥匈帝国军队服役，而其余剩下的一半兄弟姐妹却是塞尔维亚公民，这种情况屡见不鲜。因此，在我丈夫服役的军队中，大部分军人都是泛斯拉夫主义者，与奥地利军官相比，他们对在这段战线上斯拉夫的敌人反而充满好感。

我也知道，危险并不一定只从前方袭来，因为只有在行军连队的行动中才有可能跨进战场——作为普通民众不得踏进战场一步，否则将被处以死刑。

第二天，我坐上了前往布达佩斯的普通列车。我向一位正在站台上执勤的指挥官打听前往沙托劳尔尧乌伊海伊[1]的火车在哪个站台。那位军官检查了我的证件后说道："您需要乘的火车在两个小时之后出发——到维也纳。您应该返回。"他向我解释不能深入战场内部的原因。卢比恩维尔基位于最外围边界，在最近的一次部队转移后已经沦陷为战场。他威胁说要亲自将我带上返回维也纳的火车车厢。我绝望至极，请求他至少允许我等车期间在布达佩斯四处走走。他派了一名陪同监视我。我买了所有能买到的食物，维也纳的食物供应已经相当紧

① 匈牙利东北部的城镇。——译者注

缺了，我给患有胃病的父亲买了一袋小面包，当时更多的只有玉米面面包。我平安地返回家中，父母和兄弟姐妹都非常高兴。他们觉得久置的面包总比完全没有强，我不应该对此感到生气。我任由他们去说，因为我决定第二天早上仍坐火车前往布达佩斯。这一次我特意避开火车站指挥官，很快就发现了前往沙托劳尔尧乌伊海伊的火车。一位车站军官在那里巡逻。在这个小火车站，我的城市着装很快引起了他的注意。带羽毛和面纱的礼帽——时尚在那个年代的最后一声呐喊——在小城市势必引人注目，这里百分之九十的女性都佩戴头巾。他要求看我的证件并向我解释——没有女人，况且还是一个普通老百姓，可以获得允许前往内部战场——我必须乘坐下一趟火车返回。我给他看在上次维也纳返程途中拿到的一封信。我丈夫写道：如果你遇到了困难，可以试着联系战地医院的司令员科尔内尔·利普特医生。他一定会给予你帮助。“请您帮帮我，上尉先生。”我哭着请求道。

“假如我能离开的话，我愿意奉陪。”他说。

“请您告诉我怎么走，我可以步行。”我乞求道。

“如果您不是这样的打扮。身着裘皮大衣和面纱前往战场？”他发着牢骚继续说道，“有一位女士也曾经来过，一位战地报道记者。但是她看起来跟您完全不同。军灰色的西装、马裤、马靴、制服帽和短发。看起来和男人并无差别。那样的话我可以把您藏到行军连队的军官车厢。但是现在请别胡思乱想了。请您回去吧，尊敬的女士，请您理智些吧。我不能再跟您纠缠此事了，因为下一个行军连队马上就要到达车站了。”

我号啕大哭无法停下。上尉给了我一拳，把我推进了他的

办公处，在这里他打了很多电话。卢比恩维尔基并不远。人们联系上了司令员利普特医生。他将在那里等我。一列火车到站了，一位级别较高的军官走进办公处。他想知道我是谁并告诉我，没有女人会被允许前往卢布林。直到人们向他解释清楚，虽然我想进入内部战场，然而我想去的并非卢布林，而是卢比恩维尔基附近——在布罗尼克伯爵的城堡里搭建的一所野战医院，我丈夫因受伤躺在那儿。这时我应该搭乘的那趟火车已经离开了车站。

一位年老的士官被选中陪我这一小段路程。当火车到达时，他正在打呼噜。嘈杂的牲畜运输车厢被男人和马匹填满。有几节车厢有木凳。我叫醒士官并问他，我们是否可以登上这节车厢。在他的保护下我有一种安全感，因为和这么多男人一起同行让我有些害怕。我的士官想到了一个办法。他和一名号兵商量，在这一小段路程期间号兵将在司炉工后面吹军号。号兵通常坐在火车上面的一个小棚屋里，跨过几个台阶后我到达了号兵加高的座位上。

利普特医生在火车站等我，将我带到了那座已经被毁坏的城堡，因为野战医院由俄国军队和奥匈帝国部队轮流占领。我丈夫被榴弹巨大的冲击力震翻倒地身受重伤，令他最为绝望的是一只耳朵失去了听力。

当我走到他的床前，他只说了一句话：“我就知道你会来的。”

火车站军官提到的那位女士也在这里。她的确穿得比我合体多了，骑着一头骡子，这位战地新闻记者看上去完全属于这儿。

当我必须离开我丈夫的时候，他的情况依然相当糟糕。他持续高烧，忍受着耳疾带来的痛苦，但他试图掩饰这一切。

三天以后，司令员在我的护照上写下一段话：“兹证明，弗兰西斯卡·T女士，结婚前姓氏为G，无感染无虱子离开内部战场。”之后他送我到车站，托我向他在维也纳的家人问好并告诉我，我丈夫将会转移到另外一间医院，但具体地点他尚不知晓。

我再次回到了维也纳的父母和兄弟姐妹身边。我在夜里到达，我让看门人必须给我留着门。几秒钟之后门响了，一位信差给我送来了电报。我丈夫被送到了布拉格的一家医院。

我洗漱之后在床上躺了几个小时，并坐中午的火车前往布拉格。当我到那儿时，天已经黑透了。我告诉马车夫，我要去那所安置在职业学校里的医院。他将我送过去，然而我丈夫却不在那里。一位军官确凿地告诉我，他应该是在布拉格施米卓夫区的职业学校里。在那儿，我找到了我丈夫，但我已经几乎认不出他来了。他，向来很注重自己的外表，现在看起来却像一个流浪汉：满脸胡须，万念俱灰，身心交病。

我父母设法在维也纳的军队医院找到一个床位，布拉格人很高兴我们可以离开。我签署了一份保证书，上面写着由我本人负责照顾我丈夫并将其带回维也纳。

在动身的前一天晚上，我必须找个地方睡一觉。我去了职业学校对面的旅馆。整个晚上旅馆人来人往，门被打开又轻轻关上。早上，我无精打采地走到旅馆旁边的咖啡馆，女店主问我昨晚住在哪儿。她注意到我是外地人，因为我不会讲捷克语。当我告诉她我住的地方时，她用她扁平的手拍了一下脑门然后摇摇头。“您知道您昨天在哪儿吗？您在一家妓院。”她

说。但是，我压根不想知道。如果不是必须要离开这儿，我会觉得金色的布拉格风景如画。

当我们踏上返回维也纳的旅程时，随身还带了一千克货真价实的布拉格火腿和十个新鲜的小面包。我丈夫起初在位于施迈尔茨区的一个兵营医院，之后又被转移到玫瑰山上的一家军队医院。过了一段时间，他的情况有所改善，只是耳疾越发严重。人们将他调到科马尔诺①——其实是我们一起，我总是陪在他身边。他在那儿处理办公室事务并主管医院后勤部工作。

我们在科马尔诺住在寡妇巴林特家，在此期间我变成了一个完美的说谎者。我从未如此挖空心思地去撒谎，只为在巴林特那儿将谎言粉饰得天衣无缝。她有一个独生子。他儿子在战场上基本每天都会给她写信。有一天，来信中断了。我编了一个谎话，说部队正在转移，不允许人们写信。可是，谎言越来越难编。她一连几个小时坐在窗边等着邮差。我接着说，他一定在监狱里，他在那儿一切都好，就是不能写信。我还跟她讲了许多所谓的朋友的故事，他们已经得到了儿子死亡的通知，后来才知道只是将名字搞错了。“巴林特”在匈牙利——就像迈尔或穆勒在奥地利或德国一样——难道不是一个很常见的名字吗？我猜，她完全相信我所说的或者她已经习惯了我虚构的故事，她已经离不开这个谎言了。

我从来没有像与这位陌生的女士分别时那般心如刀绞。我们在那时没有得到任何关于他儿子死亡的消息，也许是没有人敢将这件事情告诉她。有几次，我还往科马尔诺写信并收到回

---

① 斯洛伐克的一个城市。——译者注

信。之后，再也没有收到回复，我也再没有听到过关于寡妇巴林特和她儿子的任何消息。我的记忆仍然停留在那一刻，当送我们去车站的马车出发时，她将脸躲在厚重的丝绒窗帘后。她泣不成声，以至于固定丝绒窗帘的杆子掉了下来，将她如死人一般盖住。我想从马车上跳下来朝她奔去，但是我丈夫牢牢地抓住了我，因为半个小时以后火车就发车了，它将送我们前往布拉迪斯拉发新的驻防地。

这一时期报纸上都是节节胜利的报道，对此没有人相信。然而民众却不知晓，周围的一切都正在土崩瓦解。旧皇帝已经去世，奥地利拥有了一个年轻的皇帝，他想携同女王思蒂与儿子奥托一起向民众介绍自己。

在我们刚到布拉迪斯拉发的时候，那里一片骚动，因为自从玛利亚·特雷西亚女王轰动一时的访问之后再也没有大事发生。皇帝夫妇应该是乘船从维也纳而来，人们该怎样布置码头呢？皇室成员可不能简单地与普通民众混在一起，他们肯定要被保护起来。接待帐篷必不可少，但是哪有那么多的帐篷布、一夜之间就可以为最高统治者搭建起帐篷呢？

车站站长非常乐意为欢迎仪式把上好的窗帘布借出来，这些窗帘布被成捆地存放在仓库里。这是一种精美绝伦的浅棕色布料，为了防止被偷走，布料上到处缝上了字母M.Á.V.——匈牙利国家铁路的缩写。在这段时间里，一封信被议论纷纷，皇帝通过女王思蒂的兄弟转达与法国个别媾和的愿望，对此深信不疑的布拉迪斯拉发人对此闻一知十。

他们说，M.Á.V.这样做无疑是个叛国贼。然而，当皇帝夫妇带着他们的儿子奥托一起到来时，所有人为之欢呼。奥托

有着长长的金色小卷发，看起来像天使一般。谁知道怎么回事呢？

不久后战争结束了。有一天，我丈夫走进了兵营。那里仍然站着一位岗哨，但是哨兵不再向人问好。办公室陷入一阵混乱，大家彼此询问接下来应该做什么。但是，无人知晓。四年以来，人们只是盼望战争结束，除此之外再无其他想法和渴求。现在战争结束了。丈夫让我把他的便装整理一下。我从地上捡起来一套西装、一件大衣和一顶凹进去的礼帽。我尽我所能地将它们擦净、熨平。但是，当我丈夫四年后第一次穿上便装时，我大笑不止。在同一个晚上，我们将所有可以带走的东西打包装好。我们将一个很大的藤编箱子放在阁楼上，里面装着我们所有的餐具和小家具，并告诉女房东，我们会很快将所有东西取走。然而，我们再也没有来过布拉迪斯拉发。

我们搭乘布拉迪斯拉发火车——一种市郊有轨电车——返回维也纳。在那里我们听说奥地利哈布斯堡家族已经分崩离析，就像一个人被砍断了手足。

一些我投资到战时公债中的钱也蒸发殆尽。我丈夫是一名匈牙利的律师，他的家乡已不复存在。匈牙利的一部分土地划进了罗马尼亚——一个对其语言和法律完全陌生的国家。他无法继续从事他的职业。我父亲拥有一个大企业，我丈夫成了其中的一名职员。

我们还去了蒂米什瓦拉，去收拾那里的房子。

我们必须再次从头开始，我丈夫有了一个新职业。1922年，我们的儿子出生了，一个真正的维也纳人。我们在维也纳度过了20年辛勤工作并小有成就的生活。

第二章

1938年和后来的故事

20年后，我们又开始了背井离乡的生活。16年以来我儿子始终坚信，这个世界上没有任何力量会让他离开维也纳。然而，偏偏有一股恶魔般的力量动摇了他的信念。一天上午，他全身颤抖着回到了家。他被学校开除了，不是因为成绩不好，也不是因为表现不好。在新的当权者眼中，他们无法忍受宗教信仰的不同。

之前，我们从来都没想过要离开维也纳；现在，我们每日每夜无时无刻不在想着有机会逃离这里。但是事实证明，我们是不可能离开这里的。在英国，我们没有任何一个可以寄送通行证的朋友或熟人，也没有任何人可以为我们开具一份去美国的保证书①，并为我们担保。

我每天晚上都要到某个经办移民出境的部门去，为的是在开门之前挤进院内排长队。这类机构有真有假、真假难分。我渐渐开始卖东西，我对这些东西如同对亲人一般眷恋。字画、

① 美国当局要求移民人员出具的文件。出具保证书的亲戚或者朋友有义务在紧急情况下为移民者承担责任。——译者注

水晶制品、生日礼物、纪念品，多年来一件一件积攒起来的东西，不知不觉中都消失不见了。

起初，人们设法把孩子送到国外，帮助青少年逃往国外。基督教教友会帮助一大批孩子去了英国。一个荷兰团体名叫“基德麦斯特”，其巴勒斯坦办事处把一批青少年送到了当年的巴勒斯坦地区。著名耳科专家诺依曼教授曾给当时的英王和英国王室许多成员看过病，他偷偷地帮助许多犹太人逃出地狱。这股地狱之火波及奥地利，威胁着要消灭千百万人。

每个人都想抓住一根救命稻草。有些人翻看纽约和伦敦的电话簿，寻求一线希望。他们写信给同姓人家或姓氏类似的人家。如果查到利希特布劳或者曼德格吕恩[1]的姓氏，那就相当幸运了。人们写信给他们，或许还是远方亲戚，请求他们寄来保证书。有些人也因此得到了保证书。姓迈尔的人可以给足够多的家庭写信，因为在纽约姓这种姓氏的接近1000家。尽管我可以算是一个完美的说谎者，但在这万分紧急的关头，我的才能还是无济于事。

所有办这类手续的地方我都跑遍了。人家记下名字，仅此而已，全然无望。我实在是太愚蠢了，找不到一条出路。

有一天，四个党卫军在我们家门前逮捕了犹太人。当他们要把我儿子也列在驱逐名单上时，一位邻居站在党卫军小组旁边说道：“你们想把一个匈牙利人怎么样？完全不明白你们要做什么！”就这样他们放过了我儿子，但是我们却心急如焚。一个沉着冷静的邻居能救我们多久？就这样我半信半疑地在伦

---

① 利希特布、曼德格吕恩，是欧美犹太人常见姓氏。——译者注

敦的《泰晤士报》上登了一则广告："一位年轻力壮的小伙子祈求得到一份工作。急需一份工作许可！"

一个工作人员把广告翻译成了英文，只说了一句："就这样了，过几天你再来吧。也许很快就会有答复了！"

一周后，我冒着倾盆大雨来到市里。我蹑手蹑脚地穿过所有的小巷子，但是似乎完全没必要这样，因为在这样恶劣的天气里似乎不会有任何"行动"。一个男人从英国某郡寄来一封信，我随即给了回复，X先生甚至承诺，不久后会来维也纳。在此期间还寄来了一份快递附单，犹太教区的居民告诉我们，一辆由基督教教友会组织的儿童运输火车可以给我们的儿子提供一个空位。在办公室里我得知，当天就会把孩子们运送到伦敦。晚上七点我们就得带孩子到达火车站。

维也纳西火车站的月台上，穿着护士服的年轻女人们吵吵嚷嚷、跑来跑去。年轻的父亲们带来了奶瓶、换洗布小包和橡皮玩具。人们走上月台，把婴儿或者小孩子递给其中的一位护士。一个女人送来了一个三岁的孩子，他的哭喊令人闻之心碎。一个女人和她的丈夫一道来送别他们五岁的女儿，她的神色比较平静，因为他们的护照上加有一条小注："孩子维洛尼卡不在其内"，因此她获得了工作许可。这个小注得以使牛津的"执政者"在他们的护照上特意说明："孩子的食宿自行解决。"有多少人就是靠这类办法而获救的啊！如果某个家庭接受某位博士之类的去当家庭用人，这人肯定也没有多能干，人们难道还要连他的孩子也一道接纳吗？他的妻子可以做厨子、洗衣女工、熨衣女工和女服务员。现在这个名叫维洛尼卡的孩子和我儿子一起坐上了开往英国的儿童运输火车。

一位母亲迅速塞给孩子几块长条巧克力。“我用结婚戒指买的。”她抱歉地说道，为了几条巧克力和一件法兰绒衬衫。

我们的儿子同几个孩子向窗外望着我们。不知道前方等待他的将是什么，他会去哪里，谁会接收他，身无分文，但我们必须要把他送走。因为每多待一个小时，都会有致命的危险。我暗中塞给他一马克，尽管这是不允许的。后来他写信告诉我们，他必须在德国把这一马克花掉，他给自己买了一小瓶科隆香水。“尽管我像个乞丐一样到了英国，但是全身散发着好闻的香味。”他在信中这样写道。

我们还留在维也纳西火车站。他沉默地看着我们，脸色苍白瘦削，不自然地笑着。他和身边的孩子说了几句什么，这些孩子只能由护士带到车厢里。因为他是孩子中年龄最大的，所以我们的儿子以陪护那些小孩子的方式被带上车厢。他使劲儿把窗户往下拉，托起了两个很小的孩子。随后车身抖动了一下，孩子们齐声唱出了当时经常能听到的一首歌曲。“当我长大了，亲爱的母亲。”

我们跟着开动的火车跑，使尽力气追赶，这是做父亲的最后一次看见自己的儿子。他不停地挥舞双手，就像是向正在驶离而去的生命招手。一位工作人员在火车发车后说道：“您不要绝望！每个孩子都会有自己的担保人。尽管很多情况下救助孩子也许只是一种形式，但是也会有一个委员会，这个组织无论如何会安置好孩子，直到他们能够独立。您的儿子已经大了，很快就能工作了。”

这种安慰出于善意，但是我们的担忧根本无法因此而消除。我们的孩子前途未卜。

现在，我们开始了一场追逐自己生命的赛跑，它似乎把我们远远地甩在了后方。在希特勒进驻维也纳后不久，四个戴着黑色帽子的男人来到我父亲的店里，帽子上有骷髅头“做装饰”。

在艰辛的劳作中，父亲修建起来一个规模很大的木材商行。在无边无尽的辛勤经营下，父亲从一个身无分文的小伙子逐渐成为一名有名望的批发商。他让我们的童年有所庇护，能让我们有机会上最好的学校。他为我们灌输了他对生活中所有美好事物的热情。我们很少会得到糖果，但是经常会得到精彩演出的门票。如果母亲对此表示不满，因为他不久前才带孩子们去剧院看了“凯恩兹”，现在又把演出门票带回家，这个时候他就会说：“他们应该去看看莫西西和吉拉尔迪[1]，以及其他所有能看的演出。人们可以从他们身上抢走金钱，但是这些美好的回忆会永远留在他们的脑海里的！”

事实证明确实如此。人们掠夺了我们所有的钱财，但直到今天我都会很怀念少年时代看过的那些精彩演出，怀念凯恩兹、莫西西、亚历山大·吉拉尔迪、莱因哈特、斯莱扎克、里查和那些众多曾经振奋人心的人物。

父亲和我们一起去各地旅行，一次又一次去朝圣那些著名的艺术珍藏品。父亲每年至少会去一次佛罗伦萨、威尼斯、巴黎、罗马或德累斯顿，每次我们其中的一个孩子都可以跟随父亲一同前往。

如果我们偶尔考试成绩不好，或者带回一封警告信，总会有一个很奏效的解决方法。“爸爸，我们好想好想再去一次

---

[1] 凯恩兹、莫西西、吉拉尔迪等，是奥地利著名戏剧演员。——译者注

艺术历史博物馆。”当成绩差的那个孩子自发地说出这幅画是伦勃朗的，或者立刻认出了画家牟利罗、鲁道夫·冯·阿尔特，那么即使成绩只有五分，情况也不会那么糟糕。在我们参观完博物馆，给他汇报糟糕的成绩时，父亲就会给我们进行辅导。

这些美好的时光都过去了，我们早已长大成人，父亲已经82岁高龄，体弱多病。他那间漂亮的办公室里有一个沙发，他躺在上面。白天他从来不在床上躺着，因为他几乎都是独自经营着自己的那间大商铺。那天下午在他蒙眬入睡之时，突然响起一阵急促的敲门声，随后四个“巨人”踏进了办公室。

“您好好地躺着，哈特纳尔先生。我们来只是要拿走收银台的钥匙。您不必费心，钥匙就在写字桌上。我是钥匙的临时管理员，”其中一个人说道，“明天早上九点我会再来的。”

“但是先生，”父亲突然从沙发上跳起来并说道，“如果您拿走了钥匙，我就一分钱也没有了！”

“那您从现在起就必须得适应了。此外，每次您和老客户业务结算后还有一笔款项。这个我也替您拿到了。”这个人说道。“您可以继续工作到破产。我只监督破产清算工作。因为商铺很大，所以会持续很久。”

因为这个临时管理员对这种企业毫无概念，所以他觉得，如果父亲已经解散了公司，自己这样做也无可厚非。

我突然想起小时候父亲给我们讲的一个故事：一个男人家里着火了，这个房子耗尽了他毕生的精力，房子几乎烧成灰烬，最后只剩下了一扇门。但是，当天他就开始重新修建这所房子。“所幸不是所有东西都化为了灰烬”，这位男子说道，

“还有门留了下来。这样修建一所新的房子就会容易些。”

我们知道，父亲不会再修建新的房子了，但是他积极向上的精神不停地影响着我们，让我们任何时候都能找到生存下去的那块“面包”。

除了钱包里的一些零钱，家里再没有一点儿积蓄了。但是，我们还有剩下的最后“一扇门”：电话。父亲给几个人打了电话。之前父亲经常在他们那里囤货。其中一个想在乡下修建一座小房子，他需要木材。另外一个是木工，他有订单，但是没有足够的钱买原材料。这样父亲就有了很多的债务人，这些人和父亲一直交往甚好，他从来都没有背弃过他们，他们也没有背弃过父亲，并且偿还了所有贷款。

我翻阅着桌子上的报纸。所有犹太家庭必须解雇家里的雅利安家仆。人们开始寻找新的家仆。第二天早晨我就出去做了自我介绍。我的第一份工作是在一位女士家里，她和90岁的父亲住在一起。他们是英国公民，在他们那儿我觉得自己很安全。后来我又增加了六份工作。我会在每家工作两三个小时，这样我每天的时间都安排得满满当当，我的家人也不会挨饿。星期天我也出去工作。那时我经常有洗衣日，通常要持续一整天。我服务的那些女士知道我工作很辛苦，所以在洗衣日那天总会给我提供特别好的饭菜。剩下的日子我都得自理膳食。

因为我没有时间，我的丈夫接管了做饭的活儿并掌管家务。每当我晚上非常疲惫地干完清洁工的活儿回到家时，呈现在我眼前的是铺得平整的桌子和收拾得惬意舒适的家。所有事情他都干得很出色：两个博士学位，作为父亲商行执行经理的责任，作为军官和人的姿态。他所做的一切都应给予充分的表彰，特别是作为一个人。作为博士，他得到了嘉奖，而作为人，命运几乎拒绝了他一切。

在此期间，他也会关心我们离境的事，但我们不走运。儿子在信中提到去英国的可能性也越来越渺茫了：

“亲爱的父母，我今天去领事馆了，但是很遗憾，为你们争取到一份工作许可证的希望还是落空了。用人夫妇这份工作必须要确保双方身体健康，爸爸的耳疾也许是一个障碍。尽管如此，我还会继续努力争取，请求这里的熟人来帮助我。但是很遗憾，希望也很渺茫。爱你们，不要气馁！你们的奥托！”

有一次，我们被邀请到英国使领馆。医生给我的丈夫做检查：“请您咳嗽一下，博士先生。”我丈夫没有动弹。“请您咳嗽一下。”医生重复了一次。当他还是没动时，医生走到了前面。等到我丈夫反应过来时，局面已经到了无法挽救的地步。“我没法咳嗽。”他的反应如闪电般迅速。“我没有感冒受凉。”然而为时已晚，医生已经断定他的听觉有问题。

有一天，我的一位英国雇主气喘吁吁地跑回家对我说，让我马上回家。她在使领馆得知，希特勒今天会有一些可怕的行动计划。我马不停蹄地赶回家中，差一点儿就迟了。我丈夫拿着一本烹饪书在厨房里坐着，对一个律师来说，这是一本多么独特的读物啊。就在这时耳边传来了刺耳的门铃声。四个男人（他们通常是四人一组）跺着脚走进来并宣称我丈夫被捕了。

“请您让开，否则我们连您一起逮捕。”其中一位“先生”对我说道。

“您为什么逮捕我丈夫？您也可以同样逮捕我。我们两个什么都没做。这点您很清楚。”

“您去问一下戈林布兰特先生或者这家伙在巴黎叫什么名字，他杀害了冯·拉特先生。这是‘元首’对这起谋杀案的答案！”我紧握着我丈夫的手，但是他们硬生生地将我们拽开。在门口我们看到街道上有一队人在行走，两侧站着市民和哨兵。我丈夫也必须加入到街上游走的队伍里。我在旁边并排跑着。突然一个哨兵塞给我一些钱。“现在我们先停下来。”他小声地对我说道。“到对面去买两包烟，他们很久没有收到烟了。”我买来了烟，香烟一根一根地从每个人的手中传递下去。这算是对监察员先生的一点儿表示。他的臂章上或者靠近心脏的某个位置有一个很大的纳粹标志。

队伍被带到区政府三楼。“那位女士想干什么？今天逮捕的都是男人啊！”一个人咆哮着说。

“她自己跟来的，她不愿意走。”

“这个女人会让你们完蛋的。把她赶下楼梯！”

他们把我扔下楼梯，我一直滚落到大门前。然后，他们将我推到大街上。一位老人对我说：“你要有钱的话，去买一些吃的东西再过来。夜里能把食物送进去。”我飞奔着去买了香肠小面包和黑莓子，然后站在对面。那里站着一群好奇的人。在我苦苦等待的若干个小时里很多人都离开了，他们没有心情去管这些，而且很多人不清楚里面到底发生了什么。

寂静的夜幕被开来的大卡车打破。被逮捕者从大楼里走出来。每个人都被推进了卡车。他们的眼镜被拳头从鼻梁上打落在地上。我把面包和黑莓子递给了我丈夫。“我很快就会回来的，”他说道，“我给你打电话。”

有人对我说：“他们会先去一个营房，从那里再被送到集中营。”

“集中营？那是什么地方？他们会从那里被送回家吗？”

这个男人大笑。“回家？您想什么呢？一旦他到了那里，您就再也见不到他了。”

接下来的一整天，我来回穿梭于所有营房前面。小时候我在动物园看见过一只被捕的臭鼬或者貂，就是这样不停地在笼子里上蹿下跳。

我那时候想，如果我不帮这个小动物，我的心就会被撕裂。第二天，我偷偷地从家里的工具箱里拿出了一把钢锯。我把它藏在裙子下面，在下个周日去动物园的时候带在了身上。当所有的人都在动物园的咖啡馆吃小吃的时候，我开始在笼子的栅条上来回锯，小动物在笼子里绝望地来回跑。一个看护人抓住我，给了我一记耳光。

当我试图在所有维也纳营房找到我丈夫的下落时，突然想到，他也许会在凯尼恩小巷那里。我们区大多数被逮捕的男人们的妻子都会去那里。然而只有少数人发现，那些囚犯已经被转移到伊丽莎白林荫道的警察局逮捕房了。这也意味着有那么一点点的小幸运。人们可以给那些囚犯送去包裹，一小包衣物和食物。在被大批地运走之前，这无疑是死刑前的最后一餐。而我的丈夫就在那里。

被捕者的亲属们打听到在维也纳开了几家业务代办处。人们悄悄地打听到了地址。谁在国外有亲戚或朋友，寄来赴美保证书或赴英许可证，就可以预定真正的船票。另外一种可能，就是花高额费用买一张伪造的船票，通过这种办法，暂时先把亲友从集中营里解脱出来。

有了这样一张伪造的船票，我丈夫回到了家里。当他得知这并非一张真正的出境船票时，备受打击。尽管这样，我们还是很庆幸，因为他总算回家了。

“回家”这词并不准确。因为这个家没有桌子、没有椅子，没有任何一件家具。党卫军要求我们四天之内搬出去，我搬到了父母家。

我放弃了所有清洁工的工作。我们用人造黄油面包和茶水糊口，日日夜夜不停地想办法离开。“日日夜夜”，这是我们不假思索脱口而出的一个词。我们在每天24小时内进行了严格的分工，当一个人在外面奔走后，精疲力竭地快支撑不住了，摇摇晃晃地踱回家，睡上几个小时时，另一个人就要站在旅行社或者是盖世太保离境管理处的门前。然而，毫无希望。

我们又在一家旅行社门前排队等候。我们这次排在最前面，希望这次有所收获。我被身后拥挤的排队者挤得完全贴在了卷闸门面上。卷闸门上有几处油漆脱落，露出了红色的斑点。借着路灯的微光，我像一个恋爱的少女一样采一束野菊花来占卜自己的命运。“我们会得到一张准行卡，我们得不到。我们很快将得到一张，今天或者以后。下个星期我们就可以走了。”

终于等到了早晨。一个职员打开了卷闸门，让我们进去。此时已经八点了。我透过卷闸门的窗口可以看到这家店的里面。我的心快要跳出来了。

“他在那儿干什么呢？”后面的人想知道。

“他在翻一些文件之类的。”我对后面的人说。

“是火车票还是船票？”

“这我看不清。”

后面的一个人喊道："瞎问些什么呀！莫非您能自己选择吗？"

一位职员走到已经关上的卷闸门前说道："今天根本没有票。请迅速离开，不得喧哗，以免破坏我们的活动。我们会继续设法弄到船票，下周再来吧！"

我们离开了，一个个垂头丧气、心如死灰。第二天，在另一个旅行社门前也是如此。只是人们对我们说："请您14天以后再来。"

我儿子弄到了去他那儿的许可证，只是给我一个人的。我可以去那儿当厨子。这个许可证对我毫无意义，没有我丈夫我不会去。

接下来又是继续找机会，等待、乞求和失望。有一天，我们手拉着手走过玛利亚大桥，我们望着桥下的多瑙河，看到很多人在岸边散步。"多瑙河在哪个地方会又宽又深，哪个地方岸边没有人？"

"我想在努斯道夫一带吧，"我丈夫说道，"要到达那块无人地带，得步行很长一段路呢。"我丈夫对刚才自己脱口而出的话感到吃惊。他说的与我想的竟然一样。

人们最好尽量少待在家里，这样也许能躲过厄运。那时的口号是"不待在任何地方"。人们四处游荡。有时候坐在朋友家，洗个手，在沙发上靠着休息一会儿。然后继续走。要么去另外一个朋友那儿，要么去街上闲逛几个小时。如果外表看起来不是特别像犹太人，甚至可以进咖啡馆坐坐。虽然说到处都挂着牌子，上面写着："犹太人严禁入内！"但其实那儿是最安全的地方。

有一天，我们步行穿过黑山广场。我们简直不敢相信自己的眼睛。在旅行社的橱窗里放着一个箱子，上面写着："'乌沙拉莫'号轮船两张前往上海的船票待售。"我们牢牢抓紧彼此的手，我想，我们已经激动到忘记了呼吸。

人们告诉我们，我们太幸运了。这两张船票的持有者昨天自杀了。这艘轮船由盖世太保包租驶往上海。

我们把变卖全部财产的钱都带在了身上。然而，当我们把所有钱都放在旅行社的办公桌上时，还不够支付船票。我们请求他们，在一个小时之内把不足之数送来。

我父母把仅有的钱都给了我们。他们打算到南斯拉夫我姐姐那儿去。他们不可能去上海，因为母亲已70多岁，父亲则已超过了80岁。如果有足够的钱，也许会一块儿来。巨大的家产都已散失：城里和乡下的房子、货栈、银行的存款，父亲已倾家荡产。只有少数善心的教徒们归还了欠款。一些卑鄙的寄生虫利用我们家的不幸，拿我们从外祖父母那里得到的最后的饰物、银器去中饱私囊。父亲珍贵的艺术收藏品也都被人拿走了。

父母把空荡荡的大房子中仅存的能换钱的东西全部变卖。两个小时之内，我们回到旅行社去取我们的船票。

我经历过许许多多可怕的事，而现在我把"天大的幸运"——两张前往上海的船票，紧紧握在了手中。

我年迈的母亲坐在空荡荡的饭厅里。数小时之久，父亲都不停地走来走去。就如那只鼬鼠，我再次想到了它，要锯开那些困住它的栅条，我无能为力。

桌子上铺着一块白色的油布。那块奢华的亚麻桌布是母亲在少女时代花费了一年的时间纯手工做出来的精美刺绣，现如今却被当作不值钱的东西变卖掉了。

还剩下四把椅子和两把古老的扶手椅，母亲刚刚用图钉把蓝色的亚麻布钉了上去。

桌子上放着一壶水、一小罐黄油、一个长形白面包、一小碗糖和一小包省下来的茶叶。在没有收入的情况下，这些是家里所有值钱的东西了。就这样，我们的最后一顿餐食准备好了。

“你们拿到船票了？”母亲问道。我点了点头。她说：“谢天……”，但是她的声音突然中断了，就像陶瓷容器砸碎一般。好半天她才把“谢地”两个字挤出来。哦，上帝，她为什么要谢你？你值得“谢谢”两个字吗，我的上帝？因为你不久之后就让这些老人被驱赶进了毒气室？谢谢，我的上帝，这两个字卡在了母亲的喉咙里。然而，我们这些孩子得救了，她最后还是说出了“谢谢”。

火车站如同生命的缩影。一切重要的事情都会在这里上演。回家与分别，幸运与绝望。乘坐汽车很少会像坐火车那样，是一段不可更改的启程。我从来不认为，有人会坐着汽车从维也纳移居上海，到今天也不会相信。人们乘坐飞机进行国事访问或者出国留学，最迟会在四周后再次回到家乡。而我们现在却是永远地离开。

我依偎在窗户旁，就像当初我儿子去英国的时候。我是不是表现得还没有他那么勇敢？他当时脸色苍白，在16岁的年纪笑得却像一个成年人。

我的父母也没有哭。没有人会理解我们当时有多难。母亲雪白的头发如光环般随风飘动。只要我在这世上一天，我就能想起母亲当时的样子。

火车开动的时候，我们哭了。这并不会引起别人的注意，因为没有人会去观察其他人，几乎每个人都遭受着自己的不幸和痛苦。车厢里几乎都是逃亡的人，大多数人都和我们一样去汉堡。

冬季阴沉沉的下午，我们终于抵达汉堡。我找遍了车厢上所有的行李箱，但始终没找到维也纳旅行社给我们写有旅馆地址的那张纸条，在那儿犹太人可以找到临时住宿的地方。那张纸条就这么消失了。

我们冒着雨找旅馆。所有的旅馆都立着“犹太人禁止入内”的牌子。我们的衣服都湿透了。我丈夫在发高烧。他实在走不动了，坐在一座房屋入口处的石墩上面。我提着行李箱站在他旁边，这时一个女人经过这里。“跟我走吧！”她很小声地说道。但是我们马上就懂了，于是跟着她往前走。她走进了旁边的一间房子，穿过一条长长的过道并一直走到头，在那儿她打开了一间房门并让门敞开着。

我们走进了房内。每扇门上都贴着随处可见的提示语“犹太人禁止入内”。在一些门上面甚至写着“狗、犹太人和商贩严禁入内！”这个女人的门上也挂着这样的一块牌子，但是她招手示意我们进去。

进去之后，我告诉她：“我们是犹太人。”

“我问过你们吗？”她嘟囔着说道。

然后，她打开了通往卧室的门，指着一张干净整洁的床。“去那儿躺着吧。请把您的衣服给我吧。你们彻底湿透了。您随身带睡衣了吗？还是我借给您？您的轮船什么时候开？后天吗？明天您不要离开房间。我会给您丈夫弄一杯热饮和药。他

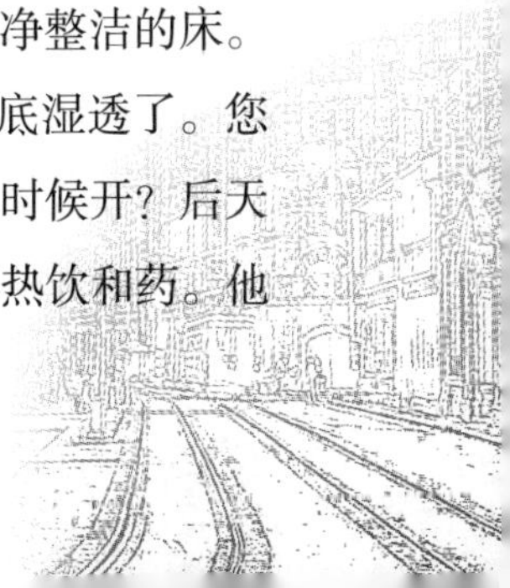

明天得卧床休息。您尽量安静小心一点儿。不要给任何人开门。我这里很可靠。”

我不是一个虔诚的人。但今天晚上我做了祈祷。那个女人让我们好好地睡了一觉，我们需要充足的睡眠。中午的时候，她在我丈夫的床前放了一张小桌子，给他带来了两块黄油面包，给我了一些火腿和面包。我丈夫好多了。我从来都没觉得这么幸运过，因为在这个女人这里我觉得如此踏实。

第二天早上天刚破晓，人们一定还在床上熟睡——她轻手轻脚地带我们去了码头。从她认路的熟悉情况能看出来，她一定经常走这条路。当我问她我们需要付多少钱时，她说：“您能给多少就给多少吧，因为还会有很多人来到这里的。”我们几乎把身上所有的马克都给了她。后来我们还经常说起她，并一直对她心存感激。她的名字我们不得而知，因为在她的房门上只有一个“犹太人禁止入内”的牌子。在德国的深夜，她将我们带向了自由之路，所以我就叫她“伯利恒之星”，就算为她立一块纪念碑也是值得的。当你觉得寒冷时，有一壶热茶、一张你可以好好睡上一觉的床，还有在火炉旁烘干的衣服，这一切都给了人们继续活下去的勇气。她年龄比我们大，现在一定已经不在这世上了，在这里我想为她献上一个花环。

汉堡的天气对我们的计划很有利。前天让我们一度陷入绝望的大雨，今天反倒有利于我们顺利上船并在船上度过九个星期。天空弥漫着浓雾，把我们包裹得就像穿了一件宽大的雾衣。就这样我们带着行李，完全不会被认出来，我们的“伯利恒之星”带着我们一直走到港口。我再次问自己，是否是上帝把我们包裹进了云层。

希特勒禁止任何人用外汇向运河管理处交付苏伊士运河费用。即使是盖世太保租用的这只轮船也不可以。这只轮船被高价卖给了日本，据说在那儿轮船会被报废。这次运输犹太难民的去程便是最后一笔大买卖，而且也不会有返程了。

我们虽然什么都看不清，但是能听到旁边有越来越多的脚步声，看来他们和我们一样，追求着同一个目标。当我们到达轮船码头时，旁边站着一群很特别的男人。所有的人都剃成了秃头，戴着手铐，他们的衣服特别显眼。一个男人穿着一件很厚的毛皮大衣，另一个穿着一套很轻薄的亚麻西服，第三个男人穿着一件沾有血迹的医生工作衫，还有一个穿着睡裤，外面披了一件雨衣。他们像被逮捕时一样，随身没有任何行李，在党卫军的押送下从萨克森豪森集中营里出来转交给船长，最后送往国外。

在这些被释放的囚犯中间，有一些人曾经在德国享有很高的声望，比如因为在柏林夏里特医院做了一场手术就以给人堕胎为借口被逮捕的那位著名教授。

当那位非常年轻的船医听到埃贡·佩尔本这个名字时，突然就站在了这个剃成秃顶、穿着沾有血迹医生工作服的男子身边。这位年轻的医生偷偷地对这位闻名世界的同行眨了眨眼。如果“元首”和这艘轮船的船长，得知这样的一次试图接近，该有多心痛啊！

第二天，这位新手医生就去请求船长，允许佩尔本去给一位生病的军官诊断。当我们驶出三海里的领海区时，一些乘客生病了，佩尔本便陪同这位年轻的医生一同探视病人。他现在穿着一件稍微大一点儿、但是很干净的医生服。他很快就开始给病人治疗，这位年轻人也有机会学习更多的东西了。

在接下来的日子里，人们可以好好观察一番。一些乘客在从德国或奥地利出发时就准备好了药物。当佩尔本给病人看病时——大多数病人都躺在躺椅上呼吸新鲜的空气，手里拿着注射器、药片和药粉——他会悄悄地把病人搁在外面的一些药片偷偷放进自己的大衣口袋里。在给病人打针时，他用手帕做掩护，把一些药粉或胶囊藏在手心里。

第二天，这位大名鼎鼎的教授拎着一个细心消毒过的女士手提包——他从一个女病人那里得到的——从一个病人走向另一个病人，包里装着顺手拿来的和一些别人赠送的药品。当人们后来花再多的钱也买不到药时，我们才意识到，欧洲的药品到底有多珍贵。佩尔本从他不断增多的战利品中拿出一些，分给那些没带药品的人，对他们而言，一次注射或者一片药就会减轻他们的疼痛甚至会挽救他们的性命。他不接受酬劳，但是如果得到一块干净的纱布绷带或者一卷包扎用的纱布，他会回以灿烂的微笑以示感谢。因为船上的药房储备相当匮乏，乘客所拥有的药品占了绝大部分。

有一天，军需官船舱立了一块黑色的板子，上面有一则令人心情沉重的消息：盖世太保要求人们补付200马克，要么在船上支付，要么让亲戚缴付。德国乘客可以从救助协会那里得到400马克的补助，船上为数不多的奥地利人除了四美元的外汇什么都没有。一份集体电报发到了维也纳的犹太社区，在那份电报里请求亲戚们支付这笔款项。

我们在栏杆旁来来回回徘徊了若干个小时，不知道该怎么办，现在只有一条路——从船上跳下去。我们旁边的一个维也纳人看起来一点儿都不绝望。他是一个很有逻辑的哲学家，“我没有亲戚，”他轻声说道，“我也没有钱。他们能把我怎么样？”

“他们会有很多手段对付我们。”我说。这时广播中又传来了消息：“下面念到的这些家庭，费用已经补交——广播中清点了已交款的名字。”我那可怜不幸的父母是如何筹措到这笔钱的？没有人为这个维也纳人付钱，之后再也没人提起此事。

轮船停靠在拉斯帕尔马斯。我们多希望能上岸，但是黑板上的通知纠正了我们的错误想法。任何乘客都不允许在停靠拉斯帕尔马斯时离开轮船。除了佩尔本教授，他要上岸陪同船医去购置药品。

获得上岸许可的还有一位女舞蹈家、一名柏林歌剧院首席女歌手和极少数有优先权的乘客。

所有人都很清楚，除了这些极少数人，在整个旅行期间任何人都不允许离开轮船。

当几只小船驶向岸边时，几乎所有的乘客都站在栏杆旁边。奥地利人对这种限制泰然处之。除了允许随身携带的两美元外，我们没有钱在岸上购买任何东西。但是德国人可以从救助协会得到钱，所以他们对于不能下船上岸感到很不满。

船长也上了岸。因此很多人想办法利用这自由的一天，每个人都像是刑满释放的囚犯。

人们大声地讲话，无拘无束地来回走动。如果四周环绕的不是汪洋大海，谁知道，这些人会如何冲破绳索陶醉在重获的自由当中？但是他们对此已经心满意足了，当场行动起来。

一个人建议开英语课，这显然是非常有用的，于是马上开始上课。其他人打算举办一场船上音乐会或者戏剧表演。也有人提议开体操课，于是很快参加者集合起来，提议者鼓励我也一起加入，但我拒绝了，我向他解释：“任何形式的体操活动都会在我内心唤起一段辛酸的回忆。有一天夜晚，我们家的门铃如暴风雨一般响起，我刚一打开门，四个党卫军人冲进了房间。‘请您穿好衣服跟我们走。’一个人训斥道。‘房间里还有其他人吗？’‘我丈夫。’当我看到他们打算搜索整间房子时，结结巴巴地回答道。那时我们的儿子还在自己的房间里睡觉。‘我去穿衣服。’我说着走进了儿子的房间，用被子把床盖好，儿子像石化了一样躲在被子下面。在床边我穿上一件粉色纯棉布做的南德妇女民族服装，前面系了一条宽大的黑色围裙。当我在凌乱的头发上绑了一块很大的印有花纹的头巾时，每个人都可能会认为我是一个市场女贩。一个男人跟着我，说道：‘动作快一点儿。我们已经找到您丈夫了。’他以为床是我的，没有发现我的儿子，随后便离开了。儿子在床上一动不动地躺在被子下面没有被发现，这是他的幸运。因为他逃过了这次逮捕，我也不再感到害怕了。我丈夫走在我旁边。有时候我们相互摸摸手，我能感觉到他知道我的想法，我们的孩子没有被发现，对此他欣喜若狂。他们把我们和周围其他的犹太人家庭带到街道对面的一个小咖啡馆里。屋内周围光线很亮，窗帘被卷了起来，窗外一群好奇的人在等待着什么。人们答应会上演一出好戏。这次活动的头目盯着我看，因为我看起来不像犹太人，所以不适合这次活动。‘您，’他说道，‘去后面的游戏室待着。’我浑身颤抖。‘让这个女人到后面角落里去，注意不要让别人看到她。她不适合待在这里。’咖啡馆老板急急忙忙地去落实这次活动头目的要求，他也是犹太人，他很庆幸自己不会有事了。在屋外面，人们可以听到里面在喊：‘一、二、三，起来、下去、起来，屈膝、身体前屈、躺在地上、起来、手心向下，抬起、放下、抬起、放下——吃成肥猪的犹太流氓！’一个人应该是昏厥摔倒了，人们把他带到我隔壁的房间。我听到那群人叫嚷着。有些人兴奋地在大腿上不停地敲打：‘听见了吗？萨米，膝盖再往下弯曲，再往下，不要再往下了。你这个犹太胖子，你看起来不错啊。萨拉，弯下身子，不然我就拿棍子来教教你，你这个肥婆！’先生，您看，从那以后我就很反感体操了。”

那些出游的人重新回到了船上。佩尔本几乎快让人认不出来了。已经和他离婚的妻子现在居住在美国，她为他支付了这张船票，还寄来了钱。他全身上下都换了新衣服，还买了药品和新的医用包。他又变回了那个优雅的教授、外科医生、女士们的宠儿。只是他手腕处那条细细的红色线条还让人想起，那是曾经有手铐在肉上勒破过的一道口子。

还有一个之前从萨克森豪森集中营里释放出来的囚犯——奥勒斯先生——也面目一新。他的妻子在一次出差后留在了美国，并给他往拉斯帕尔马斯寄了一笔数目可观的美金。她拥有一间在世界市场上举足轻重的挂毯手工作坊。为了解救患有严重心脏病的丈夫，她忍痛割爱贡献出12个巨幅哥白林双面挂毯。不论是那位“元首”的房间，还是柏林附近戈林的庄园，在一些隆重的场合显然都需要大量这样的墙上挂毯。因此，他们并不需要奥勒斯先生，尽管他身上显然有被打过的痕迹，但终究还是被释放了。

一切又恢复了平静。人们读着信件，痛哭流涕，用一捧随身携带的泥土来寄托对家乡的思念。我的母亲在信中写道，她们不得不搬家了。她们从住了40年的房子里被人驱赶出来，和其他三个家庭一起，被安置到一个所谓的犹太人住所里。

“房子挺好的，”我母亲写道，“我们现在是四个家庭。每家都有自己的房间，所有人相处得都很融洽。”所有人相处得都很融洽，这是那个时代的特征之一。麻木不仁，每个人内心都充满了悲痛，没有人会因为一些小事而起冲突。在被占用的浴室前人们耐心地等待着；在唯一的煤气灶前人们耐心地等待着，直到其他人把早餐做好。如果有人在浴缸里洗衣服时间太久人们也不会争吵。若有人在厕所里读一份从国外偷偷带来的报纸，如果有房屋检查，人们可以迅速让报纸消失。如果有人一整天都在接待客人，人们也不会发牢骚抱怨，只是好奇地听这个客人讲那些新奇的事。人们蜷缩在一起，就像从鸟巢里掉落下来的鸟儿，如果能感受到其他人的温度，那么也不会感觉很冷。我的母亲说，换作自己以前住两层楼大房子的时候，根本无法忍受这些。

船上变得如此安静，就像置身于一艘死亡之船。收到信的人，把信读了一遍、两遍、三遍，甚至上百遍。没收到信的人，常常整日以泪洗面，每个人对此都可以理解。

船长亲自给我送来了母亲的第二封信，他带着一份歉意说道，信掉到了他的信箱里。

母亲在信里写道，他们又得搬家了，现在每个房间住着两户人家：“我们又很幸运，我的孩子。他们都非常友好、体贴入微。两个孩子非常可爱，我们和他们在一起可以得到些消遣。当我将一个孩子抱在怀里时，我突然感觉怀里抱着的正是你们中的一个，我亲爱的孩子。我们有希望去贝尔格莱德你妹妹那里了，去了那儿我们所有人就都安全了。”为了让我们放心，母亲在信里这样写道。

接下来的几天一切都很平静。人们似乎都幻想着自己是在度假旅行，按照各自的性情用某种方式享受这段时间。只是不能想家。

之后的一次警报试验又引起了一场骚动。所有人必须穿上放在枕头下面的救生衣，在警报第二次拉响时马上前往甲板。救生船被放入海中，令人惊讶的是，绝大部分“有优先权的人”先上了船。水手们在海里划几百下，再返回，最后从绳梯爬上轮船。所有人都松了一口气，因为这确实只是一次演习。

那位柏林歌剧院的单人舞演员具备一种天生和后来习得的优雅，人们可以明显看出，在这些情况下这种特性如何被运用得恰到好处。没有要求任何帮助，这位年轻漂亮的舞蹈演员身手敏捷地跳进了救生船。“就像一只蝴蝶。”一位军官说道，人们从他脸上可以看出，他是多么爱恋这位舞蹈演员。那位“长官”对此又会说什么呢？或者面对这般孩子气的优雅和妩媚他会无动于衷？

全体船员和军官都彬彬有礼，让人感觉他们在某种程度上被定格在了“立正”状态。自从我们离开了三海里的领海区，他们看起来不再只是有权惩罚犹太人的人了。有时候，他们甚至会对某个男人谦卑的问候表示感谢，而这个人就在不久前，无论是在思想上、经济上，还是名望上都要位于他们之上。在海上的整整九个星期，没有一天是阴天。大海如丝绸一般柔滑平静。没有一片云彩让这无边无际的天空变得暗淡浑浊。“如

果不是我亲身经历，我真的不敢相信，”船长说道，“大海还从来没有这样周到地呵护过我们呢。正如他们所言，最后他们还是优等民族。”船长一阵大笑，笑声如甲板上的通道一样宽广，轰隆隆直响却又那么谨慎。人们必须要小心谨慎，希特勒的间谍随处可见，即便是在国外，他们也会让人坠落陷阱。

轮船走的是葡萄牙—非洲这条航线。计划在洛比托①装载大量的煤，这样轮船就可以一路抵达上海。装载大概要两个24小时，对那些准备上岸的船员们来说需要一个整天和两个晚上。

黎明时分，在甲板的边缘，船上所有的软管就被竖立起来。这些是高压喷水装置。如果有人想突然不经允许离开船只，那么水枪就会发出猛烈的喷射将乘客驱赶回去。几个军官跟随船长上岸去分配通过电报预定好来装船的黑人劳工。这些黑人劳工虽然人在码头，但是就像他们声称的那样，没有一个人愿意为希特勒的轮船动一根手指头。船长给他们提供了双倍的酬劳，但是翻译解释道，这些男人们绝对不乐意为一个“希特勒人员”工作。

随后来了一个洛比托居民代表团，他们邀请乘客们去城市观光。船长私下对船员说：“这些无赖就差将帝国和东部边境地区的恐怖故事传播开来了。我足以理解，这些黑人为何跟我们如此作对。但是我们必须得找到解决问题的办法，因为没有煤我们无法继续航行。”

这件事情在乘客中间闪电般地散布开来，大家对此纷纷议

---

① 安哥拉本吉拉省的港口。——译者注

论。船长亲自问道，乘客们是否乐意以五马克作为酬劳来装煤。所有人都表示愿意。但是船长还是有所顾虑。他给总部“元首”发电报请示，洛比托当地居民拒绝此事之后，是否可以让流亡者装煤，并付给他们一定的报酬。但是上级明确回复“不行”，并下令动用全体船员来装煤。

第二天，从厨师到船长，全体员工倾巢出动将存放在码头的煤搬运到船上。之后，他们在甲板上举行了一个小小的庆祝活动。但是，船员们那天晚上并没有得到上岸许可，起初他们看起来想要发发牢骚，但是在船长以“元首”的名义承诺给他们一个特别奖励并在基地港口对他们进行表彰时，他们内心才平静下来。

出于安全起见，船长计划天一亮就启航。他再也不想和这个港口的居民有任何接触了。他们向当地居民证明，即使没有当地民众，他们也可以应付这一切。无论大事小事德国都一定会取得全面胜利。

没人明白，为什么港口一大早就聚集了这么多的人。难道他们所有人整夜都没睡觉吗？船员们在紧张的一夜过后都已经筋疲力尽了，他们甚至没有注意到岸上发生了什么。一群愤怒的人们聚集到一起，看起来似乎洛比托所有的居民都没在家睡觉。当轮船出发时，剧烈的翻滚声让空气都开始颤抖。那些握紧的拳头对准了这艘轮船，就如阵阵雷声传到耳边：“为希伯来欢呼，打倒希特勒！”

“这是什么意思？”一些乘客激动地问道。“我觉得，”一位年长的老人说道，“意思是，犹太人应该活下来。打倒希特勒。我听不太清楚原话。”

港口那些人的手势、呐喊声和他们的动作，他们晃动毛巾的样子，所有这一切都真实地表明了他们对希特勒的愤怒和对犹太乘客的同情。

我们浑身颤抖，比推动轮船前行、震动的发动机都要强烈。洛比托的这些男人和女人们是如此的好意，但是他们团结一致的示威把我们带入了更大的危险之中。我们还身处希特勒统治的轮船上。一封电报也许就足以让轮船掉头，直接将我们带向死亡之路。几个人甚至想象着轮船已经在往欧洲的航线上行驶了。那些带了指南针的人们一直被一群乘客所包围。

到洛比托之前，我们和船员的关系已经有所改善。那些人已经从他们的冷淡矜持中走出来一些。几根香烟、一块德国剃须皂、一张科隆或者汉诺威的明信片带给船上的服务员们些许欢乐，并且被接受了。现在他们不再和我们说一句话，给我们放饭菜的时候都是板着一副冰冷的脸。

在我们启航前，我收到了儿子寥寥数语的来信："我现在在惠特比的一所大学。我很好，你们不要担心。"这一整天，我都在口袋里攥着这张纸条。在这个时候，他是我唯一的港湾。

现在，我们再次成为末等种族，说好听点儿，没有等级——连人都算不上。尽管我们确信，我们是按照既定的方向前行的，但是我们心里一点儿都不高兴。

我们的恐惧在接下来的一天几乎达到了极点。

轮船到达国际公海中央时，轰隆轰隆的声音突然消失了，发动机也没有震动的迹象了。我们所有人的心跳似乎也随着发动机的停止而停息了。船只突然发出的一声沉重的坠落声瞬间打破了寂静。但是没有人注意到这个。每个人都在想："我们现在要返航了。”突然通往医疗室的门被打开了。担架上的海军一级下士脸色苍白，已经没有了意识，被抬到了他的房间。担架后面紧跟着船医和佩尔本博士。乘客中的一位护士，曾经在德国做过手术助理，也在后面不远处跟着。他小声地发出了一些消息，正如来自佛罗里兹道夫的维恩先生所说，让乘客们觉得“他自己就是个大天使”。

那位军官的盲肠炎化脓了，佩尔本博士给他做了手术。为了让医生的手不颤抖，船长在国际公海上把船停了下来。

随后一种难以描述的心情涌上所有人的心头。出于喜悦，人们想唱歌、想跳舞、想弹奏。直到这个时候我们才发觉，是什么引起了船头那个沉重的坠落声：布劳先生紧紧地抱着旗杆，因为他再也无法忍受这种非人的压力。他掉落在甲板上摔死了。

他追随自己的儿子开始了逃亡，但是他再也见不到自己的儿子了。这时两个水手抬着担架，把死者带到了一个房间，在那里他踏上了海上的最后一段征程。

之后一切都很顺利。人们忘记了洛比托发生的事，至少看起来如此。

船上的员工们倒是在这次事件中意识到，在这里他们并非身处“千年帝国”，也没有受到如此高的崇拜，并不如同“元首”下达的命令和他所宣称的那样，他的胳膊可以伸到世界的尽头。

在一个小港口上来了一个小男孩，他带了一些香蕉和一筐橙子。因为很少有新鲜的水果，所以我们自然也想买一些，并给了他一马克。

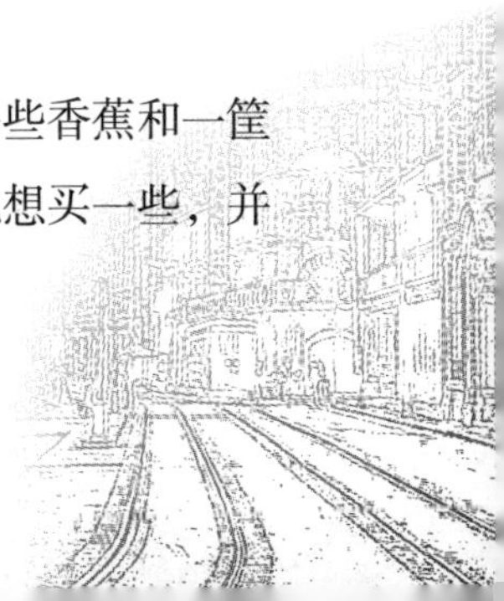

这个小男孩看着这枚硬币，冲着硬币吐了一口唾沫便将它扔进了海里。“希特勒马克不好！希特勒不好！”但是他接着就给了我们很多香蕉，只向我们要了一个空的带有粉红色流苏的糖果盒子，他着迷地将盒子紧紧地抱在怀中。其他人也用穿过的小背心、戴过的草帽、玻璃珠项链等类似的东西来换取水果。那位犹太教大拉比甚至和小男孩做了一笔大买卖，给了他一支新钢笔、一个漂亮的皮夹子和一个红色的笔记本。一位女士随后为我们这些感到好奇的人解释道：“他急需这些水果，因为他根本不吃船上的东西。船上的伙食不符合犹太教的规定。有时候他就吃一个鸡蛋或喝一口牛奶。其他所有的东西他都拒绝，只是吃一点点随身带的罐头和烤面包干。”

光阴荏苒。一部分乘客上体操课，另外一部分人在勤奋地学习英语。有人在写信，为了能在下一个港口把信寄出去；有些人在织毛衫，因为人们得知上海的冬天非常寒冷。很多人在打牌，还有一些人干脆大白天打盹，然后绞尽脑汁地想“在那边”如何重新开始。没有一个人对不久之后要面对的未来有一个详尽的规划。

很多人在他们的生活中从来都没有像现在这样，有这么多的时间留给自己。因为既没有电影也没有报纸，忧虑并不是好的旅伴，所以一阵一阵的闲聊如雨后春笋般冒了出来。船舱隔板很薄，窃听者和侦查员玩起了轻松的游戏。

原来的婚姻开始出现破裂的痕迹。船上的男人们供过于求，这让少数一起随行的女人们开始进行对比，女性在船上的交际活动中更具优势。当船长意识到，爱情逐渐在人们心中生根发芽，便极力劝阻甚至警告他的军官们，提醒他们不要忘记对祖国的责任，但一切都是徒劳。

“你和这位歌剧院歌手想做什么？”他对其中一个军官说道。“那边没有她能演唱的歌剧院，你也找不到能挣钱的工作。放弃这个疯狂的想法吧。我看得出来，你心里有何种困扰。你不想念‘元首’吗？不想念德国吗？你这个家伙！”

“哦！当然！也许刚才是这样的。我觉得我再也回不去了。”

“振作精神，我会忘了你刚刚说的话的！”

有一天，我们看到了一幅罕见的画面：在无线电通讯员的旁边坐着留着胡子的大拉比，他孜孜不倦地对着收音机说着什么。无线电报是从巴达维亚发来的，那时还属于荷属东印度[1]。巴达维亚犹太教区的教徒们想知道船上有多少男人和女人、多少老人和孩子，是否有生病的乘客。那位大拉比认真地回答着这些问题：“除了牛奶和罐装牛奶还需要什么？用哪些药品？船上有多少小孩和婴幼儿？有多少怀孕的妇女？需要医疗器械吗？你们有足够的新鲜水果吗？你们不要有顾虑！你们是第一艘经过巴达维亚的逃亡船只，我们会为你们准备所有你们日常所需。我们马来西亚人民也会慷慨地帮助你们，你们到达港口时我们会在那里等你们。”

当教徒们密切关心我们的消息传开时，很多乘客都流下了感动的泪水。一位老人开始默默祈祷。

一位妇女要分娩。做了手术的海军一级下士需要护理，必须送到医院。一位老人身体太虚弱，需要一张轮椅。婴儿车是稀缺物品。那些只穿了随身衣服的人需要换洗的衣物，像我们

---

① 现为印度尼西亚的首都雅加达。——译者注

只能拿到两美金的人需要钱，这些都需要很大的帮助。

我们迎着港口前行，感到异常的兴奋。我们应该在三海里领海区抛锚，这样的话船长就不会再开动轮船了。一些人在靠岸前已经数日没有合眼了，他们在甲板上度过了最后一个晚上。人们想看看，什么在等待着我们。

夜晚，海平面出现了亮光。我们激动到了顶点：“不要有示威！上帝啊，请保佑，不要有示威！”

大拉比又编进去一条信息：“我们恳求受到良好的接待。我们需要安静。”在巴达维亚，人们已经在报纸上看到洛比托发生的一切了，所以他们能够理解这条消息。当我们的轮船驶进港口时，除了从远处传来正常的码头噪声外，一切都很安静。安静却繁忙，因为港口永远都充斥着这番景象，如同被惊动的蚂蚁巢。轮船还未抛锚，成群结队的各种水上交通工具就开始渐渐地接近我们，人们甚至完全都可以踩着他们干着的脚上岸。人们可以看见舢板、竹筏、独木舟、脚踏式水船、拖船、警艇以及带烟囱的港口船只。犹太教教区那些德高望重的人坐着游船渐渐向我们驶来，一些人不等船停稳就沿着绳梯爬上了甲板。对那些想探望我们的老人和行动迟缓的人，船长下令在游船上搭了一块跳板让他们上来。只有那些犹太人代表团成员可以留在甲板上，其他所有人必须在运输完货物后马上离开轮船。人群中大部分人是马来西亚劳工，他们把重物拖到了船上。搬运物品的长队络绎不绝，琳琅满目的礼物被送到船上。从衣服、罐头到冰激凌，人们能想到的应有尽有。

这一天过得美好而和谐。只是那些秘密分散在各处的军官让我们清醒：我们不是在旅行。我们将剩下的钱都凑在一起用来“招待”那些船上的工作人员。船长和船员们对此都很满意。甚至那位“元首”也会感到满意吧。因为国外的人可以看到他们对我们多么友善，那些关于帝国和“元首”的流传仅仅是谎言和恶意诽谤。

我们尽量避免发表反对言论。这样一来，那些捐赠者看到的几乎只是一个假象。那位仁慈聪明的教区委员为我们做了一次演讲。他说荷兰语，夹杂着断断续续的德语，期间还用希伯来语说了几句。这次演讲对那些仔细倾听的军官们来说是赞美和致谢，对我们来说，只有少数的几句话能够听明白，也是这几句话让我们清楚地认识到自己的处境。

代表团离开以后，船上开始分发捐赠的物品。来自维也纳布雷格藤瑙的蒂施先生一开始就毛遂自荐，任命自己为这些宝贝的管理员。他开始分类，并且决定谁拿什么东西。有的人无法理解，为什么偏偏是一个奥地利人在一艘德国轮船上分配所有东西。这自然会产生争论。就这样蒂施先生被粗鲁地撤职了。但是这对他来说无关痛痒，因为他已经给自己和妻子芬内尔拿到了最好的东西。他抓住每个机会跟人说，芬内尔是地地道道的雅利安人，她自愿陪他流亡。现在他觉得人们不尊敬他，因为纯粹的误会把他撤职，因为他是维也纳人。

不久后，开始了漫长激烈的争论。人们无法达成一致，每个人都觉得自己受到了不平等对待。甲板上发生了扇耳光、侮辱甚至动手殴打的情况。那些捐赠物品成堆地堆在甲板上，在难分难解的争吵中物品明显越来越少。委员会统一意见之后，在蒂施先生指挥下清空的箱子又被装满了。

“我觉得可以这样，”一位乘客说道，“就像黄油商人那样做。”

“跟黄油商人有什么关系呢？”另外一个人想知道。

“您看，黄油商人本身是一个诚实正直的人。他准确地称量黄油，他也不会偷窃黄油。只是当他打包黄油的时候，他会习惯性地把黄油从一个手心放到另一个手心。他没偷，上帝保佑，但是他的手上沾有脂肪，如果他称了很多的黄油，那么到了晚上，他的手上就会沾了厚厚的一层油脂。他的妻子都可以用这些油来炒菜了。”

在巴达维亚人们为我们筹集了如此多的礼物，以至于人们根本没注意到，其中的一个或者几个分配者会有一双“脂肪手”。只有捐赠来的钱精确地进行了分配。在巴达维亚时人们就已经设法拿到了：每个乘客都领到了一小袋钱。

我得到了一件红裙子、一些换洗的衣物、几个罐头和赠予的钱。我丈夫除了收到钱、罐头、一件白色的夹克，还有一包奶粉。

当我们拿着这些礼物，悲凉地坐在甲板上的两卷绳索上时，一个乘客问道：“这是你们分得的所有东西？你们为什么不和别人来往走动呢？其他人拖了那么多东西，还觉得自己的胳膊不够长，不能把所有东西都拿上呢。”

这是我们生命中第一次接受救济。我们一点儿都不觉得快乐。所以我们也不去争着多拿一点儿。其他人为了一块手帕而互相撕扯，尽管他们已经私下在偷运他们的宝石了。我丈夫太害怕自己再次被捕，即使是一克黄金或者一块碎宝石都不敢随身携带。

我们宁愿在抵达上海时是干干净净的乞丐。我们身上没有任何值钱的东西。其他乘客在每个港口都会收到上海某个银行的支票，并用这笔原始资本重新开始。

有一天的黄昏时分，一位乘客接近了将乘客区和水手区分隔开的栅栏。这是被禁止的。后面很嘈杂。看起来不单单是伴着无酒精饮料进行的一番对话。“你怎么看？”一个水手被人问道：“你想想，最后会选择用氯化钾把犹太人变成肉酱呢还是对他们连续开枪？”

“啊，我怎么会知道呢。在我看来，他们只做他们愿意做的事，但必须尽快。”

“这当然是最重要的。”

那个窃听的人闪电般地潜回甲板允许出入的一侧。对于听到的东西他不知该如何开始讲述，也就没有说起这件事。直到许久之后，他搞清楚这些事情的相互联系时，才跟我讲了这件事情的始末。不过这也是九年后我们偶然在维也纳遇见的事了。我给他说了关于一封信的事情，这封信清楚明白地解释了他偶然听到的那些话。也是那个时候，我们才意识到当时的真实处境。

前段时间我丈夫身体不舒服。我请佩尔本教授给他做检查。他很快就来了，也很乐意。他开了各种药，还规定了难以遵守的饮食。他亲自配了药，但是只有少数药品可以在船上的药房买到，他还再三跟船长强调，我丈夫需要遵守饮食规定。

我丈夫从来都没有表现得如此无助，他穿着夹克衫，似乎表现出我们就是乞丐的模样：“您看看，教授，这是我生命中第一件不得不接受的捐赠品，这件夹克和您的药品。迄今为止，我为所有事情都付出过劳动或者金钱。”

“博士先生，”佩尔本教授对我丈夫说道，“这也是您疾病的一部分。这种消沉的思维方式和对境况的绝望评价也是一种病。您必须消除这种悲观的情绪，否则的话我什么都做不了。绝望不是治愈伤口的良药。鼓起勇气才是最好的治疗方法。”

有时候我会突然希望这艘轮船能在海上多停留一段时间。我不知道，前方等待我们的是什么。我们能奢望在千百万的中国人中生存下去吗？我们既没有钱，也没有能帮助我们生存的技能。我丈夫是匈牙利律师。除此之外，他连一句中文都不懂，他究竟能在中国做什么？

我的思绪跳回到25年前发生的一件事。那是在蒂米什瓦拉，我丈夫获得了博士学位，刚刚成为律师的他和朋友在一家咖啡馆约会。他刚点了咖啡和一块蛋糕，一个年轻人向他走来并请求为他占卜一次。这个人看起来衣衫褴褛，我丈夫沉浸在刚刚通过考试的愉悦中，所以就答应了这件小事。“我不接受施舍，博士先生。”这位年轻人说道。

“他是怎么知道我是博士的？”我丈夫想着，“噢，是服务员。”

我丈夫把手伸给他：“那请给我算算命吧。”

“您先吃蛋糕吧，博士先生。”

“咖啡我喝过了，蛋糕还没有凉透。”我丈夫说道。年轻人观察了我丈夫手心里的几条线，说道：“如果我现在就告诉您我要说的话，您恐怕就没胃口吃蛋糕了。”

“您尽管说您要说的吧，我总归是不会信这个的。”我丈夫回答道。

“未来您会多次漂泊流浪，”这个占卜者说道，“直到您到达遥远的东方，才会结束您漂泊的生活。”

“结束您漂泊的生活。”这句话深深地铭刻在我脑海里，像没有愈合的伤口一次又一次地撕裂。

如果那位占卜者说的是对的，那么我们到这里，这遥远的东方，会结束漂泊吗？我们再也回不去了吗？

对我丈夫来说，确实再也回不去了。他的漂泊终止了。在遥远的东方，他的生命走到了尽头。

船上充满着一种异样的骚动。当然，人们会嘈杂喧闹，但是人们渐渐感觉到的是一种接近沸腾的气氛。如果哪里有地震的预兆，动物就会变得骚动不安。它们可以预感到灾难。

“也许不仅仅是动物能感知到临近的毁灭。”有人在船上再次预言，没有人反驳他。然而，不仅乘客们人心惶惶，几乎每天在船长的房间里都会进行漫长的谈话，绝大部分的军官和船员都会参加。甚至厨师长也进行了几次谈话。在谈话期间，巡逻队总是来回走动，严厉监视，不让任何人走进船员区。

前一段时间，人们在船上总是窃窃私语。一个人声称，据说在上海人们不会得到上岸许可了，这个最后的避难港也会被封锁。人们往往会轻信坏消息，所以船上的气氛越来越压抑。

大拉比请求船长为他提供一个小房间。从那时开始，他每个星期五晚上和星期六都会在一个小的货舱里做礼拜。但并非所有事情都会和谐地、毫无怨言地进行下去。因为东正教的流亡者想要办一个和当代犹太人不同的礼拜仪式，而当代犹太人早就打破了过于陈旧的风俗习惯。

东正教教徒认为，女人们，包括歌剧院的那位女歌唱家，不该被允许去歌唱。但是大拉比宣称：“上帝给了她一副美妙的嗓子，一定也想聆听她的歌喉。此外，我们现在不是在东正教的教堂里，而是在一艘船上。我允许她们歌唱。”现在，连那些最保守的人也平静下来了，因为没有人敢对大拉比的话提出抗议。

在做礼拜期间，军官和船员们不停地在货舱周围巡逻。尽可能地去侦查突发情况，这是他们的责任和义务。这些男人们也只是为了应付这项任务，因为歌剧女演员的歌声已经完全令他们着了迷。船长亲自在货舱周围执勤，最后他甚至提议办一场音乐会，紧接着再办一场舞会作为告别派对。人们可以把一位乘客的三角钢琴从货仓拖到吸烟室。一位著名的钢琴家会来伴奏。船长情绪高涨，整个晚上都在兴奋地筹备这场晚会。

船员们把吸烟室变成了一个音乐厅。没有找到位子的人，或站或坐在通向甲板的楼梯上，挤在密密麻麻的人群中间。即便在那儿找不到座位，也会弯曲着身子越过栏杆，靠在楼梯附近，那里人们还可以很好地倾听歌唱，幸运的话甚至可以看见音乐厅里面。在楼梯那里人们甚至比坐在下面的人更清楚地观察一排排座位。船长坐在正对着舞台中央的位置，当漂亮的女歌手穿着深蓝色、敞开领子的晚礼服登上舞台时，他明显地向前弯了一下身子。

“看啊，”一个柏林女人对她旁边的人窃窃私语道，“眼睛都快从脑袋上掉下来了。”

演唱结束时，起初非常安静，随后突然响起一阵狂热的、完全停不下来的雷鸣般的掌声。

“为德国流亡者而演唱的德语歌曲，无法抑制他们喷涌而出的眼泪。”不停重复这句话的是一位年迈的老人，他在德国生活了80载。“我们是多么愚蠢的傻子啊。人们谩骂我是一块腐烂的肉，现在当我听到一首德语歌曲时，我哭了。我这个傻瓜！我这个傻瓜，我这个着实该死的、可怜的傻瓜。”他像惩罚自己似的敲打着自己的脑袋。

听众们都觉得不过瘾，这位歌唱家不得不一直加演节目。紧接着是群众舞会。军官们，包括船长在内，轮流和魅力十足的女人们跳舞。佩尔本在和维尔斯泰因女士跳舞，她是一位著名出版商的妻子。当她被教授邀请的时候，她问他，接下来该跳哪支舞了，华尔兹、拉格泰姆还是探戈？然后她笑着说：“或许是四对舞，教授？”

“不，”佩尔本说道，“人们在这儿跳牧人歌舞。”

曼德尔女士在罗斯布莱特女士的旁边，她大为吃惊地问道：“他刚才跟她说什么？我好像听到了类似奶牛这样的话。”

“牧人歌舞，”罗斯布莱特女士更正道：“牧人歌舞是基恩泽尔的歌剧。我在维也纳听说过她和耶里扎。如果我没记错的话，那个时候法国贵族在被处决前会在杜伊勒丽花园的地下室里跳舞。或者是在巴士底狱？无所谓他们在哪儿跳，但在任何情况下，这种舞都有特殊要求，亲爱的。”

第二天，意想不到的警报声拉响了。乘客们陷入极大的惶恐之中。人们在混乱中穿上了救生衣。一位年长的妇女绝望地发出尖叫声：“我找不到救生衣，我要被淹死了。”她忘记她已经把救生衣放在床下面了。

当乘客们来到甲板上时，救生船已经被放下来了。仍然只是让那些特定的人上船：女歌唱家、那位“蝴蝶”、佩尔本、维尔施泰因，还有12名“入选者”。

整件事情又只是一次演习，很快演习就结束了。一切进展得相当顺利。

那位年迈的老人安静地躺在他的沙发椅上。他一点儿都没觉得不安，也没有参与到这些麻烦的事中。他也被人忽略了。他躺在一个由绳索和木板搭成的安全角落里，就像一块被风化了的木板，颜色发黄而单薄，脸上刻着成千上万条裂纹，但是他有一双活泼、聪慧的眼睛。“我觉得，”他说，“如果轮船沉没了，人们只会去救那些漂亮的女士们。也许还有教授，除此之外不会救任何人。”他咯咯地笑起来，尖锐、刺耳。

一位天主教女人陪她的犹太丈夫一起流亡，有时她会和这位老人聊上几句。她很想念家乡，说他很像她的祖父。她听到老人笑的时候，跪在了他旁边的一卷绳索上。

“爷爷，到底是什么令人发笑的事情？”她问道，并将老人干瘪的手放在自己的手里。

“我觉得现在就像在过我们最盛大的节日，我的孩子。”

“您是说斋戒日吗？漫长的一天，人们什么都不能吃？”

“我们这儿的食物绰绰有余，我的孩子。在这一天我们想象着，亲爱的上帝俯下身子坐在一本很大的书前，他把那些今年应该继续活下去的人们写在右边，而把那些要死去的人们写在左边。我的母亲就是这样跟我说的，我的孩子，我必须不停地想着这事。因为在我看来，似乎很多人都被写在了左边，只有极少数的人被写在了右边。”

“但是，爷爷，我有点儿认不出您来了。您总是那么乐观，为什么今天突然说这么多悲观的预言呢？”

“我不是预言家，谢天谢地。但我有时候会有一种感觉，这种感觉很少会欺骗我。我们还是说点儿其他的吧。”

船上办有小报，刊登一些信件供乘客阅读，报道一些新闻和船上举行的活动，也印有船上发布的指示。小报上还登有举行什么专门讲座和报告、在未来的新“家乡”言行举止的注意事项等内容。另外，还有小册子的部分节选，通过邮件寄给了我们。这些小册子由早年移居中国获得很高声望的富裕同胞所写，他们将会关照我们。他们告诉我们，一个小规模救助委员会正私下里准备迎接我们的到来，然而这个小团体对官方决定没有多大影响。在这份小册子里，首先要求注意卫生。如果谁饮用了没有煮开的凉水，不久就会大吃苦头。谁吃水果事先不用开水冲洗，也会有同样结果，小册子上就这么明明白白地写着的。中国人向每位跟他们致意的人作揖，他们从不互相握手。他们不知道为什么这么做，大家跟着做就是了。谁要是清早起来在大门外发现一具尸体，这种事无疑经常发生，应立即报告消防队，让人把尸体拉走。这些尸体是穷人因为没有钱埋葬有意扔在那儿的。不论你到哪儿去，都要随身带上预防传染病的药物，决不要在街上随意买饭吃，开水可以在街上的灶里买到。

小册子里还包括很多类似这样的规定，并再三提醒大家务必遵守。

那位老人在他的沙发椅上仔细倾听了所有内容，他总是能看清事情的原委，毫不拖泥带水地说道：“那得看我们能不能活下来去实施这些预防措施。海洋下面有足够多的水让人们来保持卫生。”

他要经过中国去美国寻找他的儿子，他非常怀疑，是否有一天能实现这个目标。他如果真的能到达那儿，也是一个罕见的奇迹，这很可能要归结为他理智镇定的品性，具备这种品行

的他可以应付生活中所有的事情。

他让佩尔本定期给自己检查身体并严格遵守医嘱。“对我来说，不会有什么烦恼的事。我想一直保持独立，直到生命的尽头。我得去我儿子那儿帮助他，给他一些建议。孩子们太有依赖性了，也是由于他是独生子的缘故。”

“您的孩子多大了？”有人问道。

“71岁了。”这位91岁的老人答道。

“但是他没有什么想法。当我意识到我们将面对什么的时候，我就为他和他的家人做好了所有移民的准备工作。要不然他也许今天还在欧洲坐着呢。”

在几个港口收到了来信。我们也从英国的儿子那儿收到了一封信。他信中告诉我们，在大学他的英语学得很好。他想写这封信安慰我们，并让我们放心，但仍然可以在字里行间看出他失去家乡的痛苦和渴望回到失散的家园的心情。他还说，他给维也纳的外祖父母也写了信，但总是很少得到他们的消息。他没有提到英国报纸上报道的关于“千年帝国”中犹太人的事情。这些消息他一直埋在内心深处，并尽他所能地给他的生活涂上美好的色彩，尽管他不能一直将自己和外祖父母的处境隐瞒下去。

我丈夫这段时间总是带着深色的墨镜。他几乎从来不摘下来，墨镜后面经常会有泪水滑落到衣领。他难以忍受与儿子永无止境的分离。我必须承认，在这点上他比我要艰难。他只想着他的孩子。而我惦记所有人，至少儿子在英国是安全的。

我年迈的父母想去南斯拉夫，但是他们不知道，那位“元首”的长手臂也会伸向那里，并且会毁灭一切。

谣言在船上传得沸沸扬扬、复杂纷纭。人们口中出现了越来越多的地名，据说在那儿会把不受欢迎的乘客赶下船。

“也许他们会带我们前往澳大利亚。”一个人说道，他也许是晚上做梦了吧。另外一位老人继续说：“他们带我们去澳大利亚，谁来支付额外的费用呢？您觉得希特勒会给我们送钱吗？”

就这样人们反复猜测着——地图上已经没有不被人们考虑为轮船靠岸的地方了。

这种骚乱和不确定性与日俱增，空气中弥漫着一种神秘的气息，人们能感觉到它的存在。

船长建议再举办一次活动。歌剧院的单人舞演员穿好了演出服、芭蕾舞鞋和时髦的跳舞礼服。

单人舞演员上演了一场最精湛的舞蹈。掌声雷动，经久不息。因为船长也在使劲儿鼓掌，水手们也没有很拘谨，他们不停地鼓掌，由于太兴奋甚至开始拍大腿。那些执勤的人们也悄悄溜过来，希望能看到点儿什么。船长甚至允许为员工们重复上演一次音乐会并度过一个芭蕾舞之夜。

但是，每次我们迎合这种活动时都有一种感觉，摆在我们面前的仿佛是临行前的最后一餐。一些人突然就产生了令人难以置信的想法：“如果我们接近海岸线时，我就跳进海里。”一个年轻人说道，他已经在游泳项目上获得了好几次奖项。“我会游到岸上，在我上岸的地方人们会接收我的。”他一直在衣服下面穿着泳衣。脖子上挂着一个装着金币的小袋子。“船上的救生衣我也可以穿上。”他认为，“救生衣并不是至关重要的，它只能够提供帮助。”

每个人都在想，如果我们被带回来，该如何自救。我们没有任何办法，任由命运来处置。

我们逐渐接近目的地了，人们开始准备上岸。货仓里日夜发出嘈杂声，物品被拖了上去。人们开始整理生活了九个星期的房间。有人扔掉了不必要的东西，但是在翻出一张纸的时候，总在考虑能不能还将它弄平保存下来，也许还会在上面写一封信。大家很贫困，也逐渐有了这个意识。

之前深蓝色的海水，现在突然变成脏兮兮的黄褐色，似乎我们正行驶在一片淤泥上面。所有乘客全数聚集到甲板上面，没有一个人再回到房间里。人们站在栏杆旁边，聚集成一个无法解开的线团。没有人从自己的位子上离开。

轮船停了一会儿，仿佛搁浅在淤泥之上。电报间里不停地发出突突的响声。几个人询问原因，却没有人得到答案。我们的命运将在几小时后裁决：我们会上岸吗？

人群里传出了一声尖叫：“领航员。”尖叫声就像迸发的火花从一个人传到另一个人那里，数千声音齐声呐喊：“领航员来了！领——航——员来了！领——航——员来了！”

我们看到了岸边。九个星期以来我们从没有看见过海岸，而此刻左右两边都是真正的海岸。一个脏兮兮的小伙子正挥舞小棒驱赶一头水牛。他是我们在中国见到的第一个人。我们朝他大声地问候。他向我们伸出了手。我们把从最后一顿饭中留下的一块蛋糕扔向了岸边，扔向了中国的陆地。蛋糕掉进了岸边的泥地。小伙子弯下腰，洗了洗，然后狼吞虎咽地吃了下去。接着一块、两块蛋糕陆续投向了他。之后，我们的目光转向了另外一个目标。

一辆摩托艇载着六个男人逐渐接近了我们的轮船。绳梯被扔了下去，男人们爬上了船铉。

“领航委员会来到船上了。”人们相互搂着脖子。呼喊、跳舞，歇斯底里地哭着、笑着。一种用言语难以描述的喧闹爆发了。

领航员和他的团队——一位医生、一位市政府官员、一名翻译和两个打字员——先短暂地交谈了一下，有人送来了点心小吃。

怀疑和恐惧再次来袭。几个人想偷听吸烟室里到底在谈论些什么，但他们还是努力抑制住了这种想法。

水手们架起了桌子，他们把打字机、奇怪的墨汁瓶和细如发丝的毛笔放在了桌子上。他们放好委员会带来的所有家当，为移民局的工作做好准备。

“所有移民的东西都准备好了。”一个人说。他说这句话的时候，就像彼得站在天堂门口前说道：“来，踏进天堂吧。大门已经打开了。”

又过了一会儿，那些人处理完所有事情，乘客们才一个接一个地被传唤到移民局那里。

他们询问了职业，或者可以胜任什么工作。我被登记为女厨师。

整个登陆上岸持续了很长时间，等所有人登记完，时间已经过去了一天一夜。在所有手续没有办完之前，任何人不可以离开轮船。但是，我们都在四处张望，想看清新家乡到底长什么模样。现在人们的确有点儿时间了，可怕的恐惧感已经离我们而去。

我突然大叫一声。河对岸有一艘大船，一群人水泄不通地

挤压在船上，船身的一半都倾斜在水里，看起来随时都会翻船。

我旁边站着一个很高大的警察。他说我是不是疯了，并问我为什么要大喊大叫。我让英语教师给他翻译，告诉他河对岸的人们会有生命危险。一艘超负荷的船，看起来随时都会被洪流吞没。

“没必要为这个大惊小怪，”翻译说道，“中国有这么多的人呢。”那位警察摇着头离开了。后来，我还看到了许多这样简陋的船只，船上都严重超载，船上的人随时都会有生命危险，然而并没有人关心那些挤在狭小空间里的人们到底能不能抵达彼岸。

偶尔会有欧洲人和中国人上船来雇用劳力。需求最大的是酒吧女郎，手艺人也很受欢迎，会做皮鞋的鞋匠马上就被雇走了。

几辆大卡车在陆地上等着我们。一位来自奥地利的先生雇用我做厨师，他拥有一家两层高的大餐厅。沙逊先生负责安排我们的伙食，并安排我们住在临时搭建的难民收容所，一直住到后来我们过上了一种全新但毫不轻松的生活。

这种苦涩的生活持续了九年。然后，我就独自返回了欧洲，因为我丈夫无法忍受离开他的孩子，也无法忍受这种糟糕的生活环境。这里到处潜伏着的死亡的气息——霍乱、黄热病、肺结核和大量尸体腐烂发出的气味——有一天也侵袭了我丈夫。

我的父母被驱逐到特雷津集中营，并遭到了迫害。还有我的兄弟姐妹在南斯拉夫丧生。只有我独自活了下来。

回到奥地利后，我写了一些有关自己经历的文章，这些文章在一份报纸上被刊登出来。其中有一篇是有关乘船去上海的经历。

1948年1月的一天，我收到了一封信：

尊敬的女士，我在报纸上看到了您的几篇文章。您在最后一篇文章里写道，您和其他乘客们非常害怕被带回德国的集中营，这里我想提醒您注意一个错误。

尊敬的女士：我是佩尔本教授做手术的那位海军一级下士。在您的文章里，您也提到了他。我们所有船员得到了命令，如果我们不能顺利登陆上岸，那么就必须消灭所有乘客。

尊敬的女士，很庆幸大家把我送到了医院。在身体痊愈之后我途经西伯利亚返回家乡。是这样的，我乘坐了最后一批返回欧洲的火车回到了家乡。

“元首”从来都没有为您和其他乘客支付过返程的费用。从来没有，永远也不会。您可以相信我。请您相信，我很高兴，没有成为杀害您的凶手。我也很高兴，您能够健康地重返家乡。对您如此悲惨地失去您的丈夫，我深表遗憾。我可以跟您讲一些这次航行中的秘密。对于要执行那样一项惨绝人寰的任务，我们的愤怒不比您少。

如果您还想知道更多的信息，我很乐意和您见面。

致以亲切的问候。

海军一级下士i. R. 威廉·舒伯特

人们能够想象这封信多么震撼我的内心。我没有去见这位军官，我没有足够的勇气和力量。

第三章

上海岁月

上海岁月让我饱尝人世间的苦涩滋味。日子就像高脚杯，盛满了残酷无情的命运之酒，直到我饮尽最后一滴。

我丈夫从到上海的第一天起就生病了，我必须极其艰难地工作。如果说这些日子尚有一丝幸运的话，那就是找到这份工作了，它使我能够养活我的丈夫。他所承受的痛苦难以用言语描述。

抵达上海后，我们跟随两位老板中的一位走进了餐厅，我首先要接受新任务的考验。我脱掉大衣，系上了一个白色的围裙。

大厨房里14只“眯缝眼”好奇地盯着我。老板用洋泾浜英语跟其他人解释，我是新来的，从现在起和他们一起工作。

两位女老板走过来，向我提出了一个至关重要的问题：“您会做真正的维也纳苹果卷、萨赫蛋糕和圆锥形空心蛋糕吗？虽然我们认为您过去不是一位职业厨师，在餐厅里也无足轻重，但这些对我们来说都无所谓，我们也不要求任何证书。我们只要求您立刻做几个苹果卷和蛋糕。您只需准备面团，其他事情伙计们来干。”

伙计们拉过来几筐苹果。我将一个苹果削皮并切成薄片。苹果片由一个人手中传递到另一个人手中，几分钟之内碗里已经装满了薄如蝉翼的苹果片，我从未削过这么多苹果片。

在此期间，装上面粉的碗已经放好，一块白布铺在大桌上，现在所有人都满怀期待地盯着我。我还要了鸡蛋和水。我的身体忽冷忽热，汗水像小溪一样流过脸颊。我做了一个无声的快速祷告。之后，走到了一张小一点儿的桌子旁边，我在面粉堆里挖了一个洞，将鸡蛋打进去，添了一些醋水和软化好的油脂。我像魔术师一样揉面，用尽浑身力气拍打面团，让面团如皮球般在桌面上下弹跳，直到摸起来如丝般柔滑。我觉得亲爱的上帝正在用他的双手亲自指导我。我越来越有信心，昂起头走到大桌旁边。我用拳头将面团撑得宽一些，把它摊开在撒上了面粉的布上，它铺满了布的三分之一的面积。

然后，我将面团抻开。祈祷在我脑海中一个接一个地出现。一会儿工夫，我又把细腻的面团伸展到我的拳头之上，它在桌子边缘滑动，中间没有一个小孔。

我必须承认，我之前从未做过如此完美的苹果卷，之后也不曾有过。弗里茨，那位中国厨师，后来比我做得还要好。女老板走过来，将一份报纸放在面下面，人们可以清晰地看见报纸上印的字。

我想从大衣口袋里取出手帕擦汗，却被拒绝了。人们递给我手帕，因为他们害怕我会离开。苹果卷还烫手时，就被一个刚到的日本军官团买走了。

与此同时，两位老板中的一位正在接待室和一位男士讲话。他给这位男士准备了点心和晚餐，并承诺我一会儿就过来：“医生先生，不会等很久的。12个萨赫蛋糕已经在烤箱中了。您妻子明天才会制作巧克力糖衣。”但直到午夜时分，我才和两家人以及其中一对夫妻的女儿一起吃了晚餐。

这是我在上海的第一份工作，我们找到了一个家。很幸运我还有力气，因为我的工作几乎没有时间界限。

我们在餐厅附近租了一间斗室，在一位白俄工程师的房子里。凌晨五点，我们就听见小石子敲击窗户的声音。其中的一位老板来接我去市场。三辆黄包车停在房子前面。我和老板一人一辆，还有一辆放我们要买的东西。

庆幸的是我不用单独去市场，因为最初我并不知道这些都是做什么用的。所有东西都和欧洲市场上的截然不同。

比如，许多摊位只卖各种调料汁，几乎没有女人会错过，这儿可以满足她们对调料汁的需求。其他摊位上出售奇特的、细长的、泛着银光的小鱼。它们似乎是中国人最爱的食物。

在卖鸡蛋的地方，我立刻认出这种声名远扬的“埋在土里的蛋”[1]。“埋在土里”是给欧洲人造成的一种错觉。实际上是蛋裹上一层厚厚的黏土和干草灰，让其慢慢成熟。但是我从未买过也没尝过。

最不可思议的是鲜美的金枪鱼，我们可以从一条鱼上削下来好几公斤的肉片，这是小牛肉最好的代替品。

我反而更想念牛奶和奶制品，对此我早已习惯。对于穷苦大众阶层来说，豆浆是便宜的替代品。豆浆做的鲜奶酪闻起来让人恶心，只能品尝出一点儿的奶酪味，闻起来就像烧焦

---

① 即松花蛋。——译者注

一般。

另外一种便宜的老百姓食物是堆积如山的黄色菠萝，这是一种闪闪发光的奇特水果，也是市场上最常见的水果。干瘦如柴的火腿在桌板上方左右摇晃，人们还以为中国的猪相当消瘦。人比商品还多。尽管如此，中国市场对我来说都是一副热闹非凡的宏大场面。

当我们转完几个摊位后，我们的第三辆黄包车已经装满了一天所需的货物。我们不能再买了，因为几乎所有的食物只要一过夜就会腐烂。

一群乞丐在市场上游荡。每个乞丐都拿着一个破旧的讨饭碗，上下来回晃动。人们扔给他们肉、鱼的下脚料、一把米饭或者是半腐烂的水果。一口铁锅和身上背着的一个竹席就是一个乞丐的全部家当。情况稍好一点儿的乞丐会随身携带一个大的保温壶。我从未见过像中国这样有这么多热水壶的地方。保温壶成为人们生存的必需品。对于人们而言，半瓢热水比整顿饭还要重要。谁的碗里盛有米饭，就会再浇上一些热水。我看见许多人用手指将生肉或者生鱼块从垃圾里拣出来放进锅里，然后狼吐虎咽地吃下去。这种贫穷难以想象，但是人们却必须承受。老弱病残沿街乞讨，大批人死亡。有点儿能力的人干起了东偷西摸的勾当。帽子相当受欢迎。但因为戴帽子的人并不多，有的帽子甚至从戴帽子的人头上被偷走。

有一次我坐在有轨电车上。窗边坐着一位戴礼帽的男士——一个戴着好看的“费多拉帽”的难民。他的礼帽突然从头上消失不见。一个中国人透过敞开的车窗将钓鱼线扔了过来，像钓鱼一般把帽子勾走。市场上所有够得着的货物经常会

“不翼而飞”。年轻小伙子当然占据这方面的优势，在被抓住之前，他们可以逃之夭夭。

烈日炎炎的八月，我敞着门正在吃午饭，一个小男孩以迅雷不及掩耳之势拿走了我的肉排。这是小盗贼的特长，当人们刚刚把食物放在袋子里，他们就会偷走并马上咬一口，然后迅速跑掉。如果人们稍不留神，钱包、购物袋或雨伞也会被偷走。

当我1947年返回维也纳时，中国的社会状况并无改变。几年后，我碰到几位比我晚回来的难民。他们告诉我，当他们即将离开上海时，如果人们把钱包丢在南京路的街道上，没有人会动它。究竟发生了什么？小偷金盆洗手了吗？当然不是。由于政府对这种违法行为予以重罚，没有人再敢做小偷小摸之事。

老板夫妻二人每天只有一人来餐厅，我和我的七位助手每天都要工作。我一整天都翘首以待下班时间到来。我丈夫接我下班，我们一起去黄浦江边散步，享受江风吹来的丝丝凉意。老板娘把剩下的食物装好送给我。她说，反正这些东西第二天都会变坏，因为这里连冷藏箱都没有，更不用说冰箱了。她女儿特鲁德也让我在点心和蛋糕变坏之前把它们带走。在五个烤箱之间的高温炙烤下，我喝了许多水，却几乎没吃什么东西。我们在傍晚的凉爽中享受晚餐——对我丈夫而言这往往是全天中唯一的一顿饭。

水面上帆樯林立，覆盖整个江面。就像在巴达维亚，人们干着脚就可以走到河对岸。往来船只千里不绝，气势如虹。在星空璀璨的夜晚，船员们发出无线电信号，人们可以看见信号灯在桅杆上不停闪烁。

当时的上海街道上几乎没有汽车，但有许多热油滚滚的小饭馆。木炭在活动的厨房炉子里面跳跃，散发出一股刺鼻的臭味。为了能够呼吸到新鲜空气、令心情愉悦，所有人都涌向江边。那里甚至有一个小公园和一艘报废的旧船，在船上建有一个茶馆。

过了一阵子，因为中国人几乎学会了全部我所做的东西，所以我偶尔会有一个闲暇的周日了。我们会去南京路散步或者去“基斯林和巴德尔”蛋糕店，许多白俄难民是那儿的常客。

我们把住的小房间尽可能布置得好一些。我丈夫越来越虚弱，常常躺在床上。我找了一个阿妈，她无微不至地照顾着我们。她白天在我们这里，晚上回家。

我丈夫只吃得下一点儿东西。阿妈从餐厅里带一些吃的给自己和我丈夫。特鲁德大部分时候都在厨房，她挑选一些清淡易消化的食物给“博士”。所有人都很照顾他。

有一天，一位神父受英国朋友们之托来家中拜访。他们送来了一些钱。神父不懂德语，我丈夫也不会讲英语。

尽管如此，他们二人还是交谈甚欢，用他们共同掌握的语言——拉丁语。

我一度认为，所有事情都在朝着好的方向发展。至少我丈夫一直在努力说服我。然而，接下来我们又再次受到了重创。我们住的房子被卖掉了。所有人都必须从这个正对着港口的窄巷子里搬出来，它即将被改造成“寻欢路”。

在我们搬家之前，还发生过一段和斯克里亚宾“阁下”有关的故事。斯克里亚宾在南京路一家高档的皮具店值夜班，他

每天都在商店门口的椅子上度过一整夜。只有每周日会和一位高个儿的锡克教徒换班。那天他会穿上他最体面的西服，冬天时外面再披上一件毛皮做里衬的大衣，去“基斯林和巴德尔”蛋糕店和其他的阁下、大公爵和贵族碰面。许多在蛋糕店服务的年轻女士们同样也是俄国难民，她们极其谦卑地招呼客人：“阁下，我可以给您端一杯潘趣酒和一小块奶油吗？”

“当然，我的孩子，请便。”“阁下”说话如此讲究，让人仿佛置身于圣彼得堡的宫廷之中，那位服务的伯爵小姐行屈膝礼，就像“殿下”并非请求一杯潘趣酒，而是邀请她在沙皇宫廷里跳波兰舞一般。

只有每周日他们才觉得自己活得像个人样儿。他们可以回忆往昔。家乡在难民眼中散发出超凡的光芒。他们说谎的时候，自己都察觉不到。流亡的时间越长，离开的故土家园就越加神化。小房子在他们的讲述中变得宏伟高大，他们留下的破旧家具，变得焕然一新。人们也不知道，谁是真的来自宫廷，谁拥有真正的财产而并非一个小商店。

斯克里亚宾“阁下”从来不提过去的事情。人们只知道，他最初住在一个高档酒店，不时从勋章上摘下几颗钻石，把过去的传家首饰送到珠宝商那儿去。又过了些日子，他搬进了便宜的转租房，并在一位成功的同乡那里谋到了守夜人的工作。

守夜人是必不可少的。每一位商人，所有的集体居住房屋，比如酒店和商店都需要私人的守夜人。如果一个人够强壮，就可以考虑这份工作。报酬当然不高。因此，有一天阁下又将转租房换成了棚屋，这间棚屋原先是一个储藏间。这里既没有也放不下衣柜，他便把他的周日礼服——深色西装、毛皮里衬大衣、阿斯特拉罕帽子和几件精致的绣有王冠的白衬衣，拿到了女同乡——卡佳·卡加斯基娜公主那里。

自从得知整条巷子被卖掉的那天起，我们就朝四面八方涌去，寻找新的安身之所。由于我白天工作，只能在晚上找房子，但很长时间都毫无进展。以至于后来只剩下我和我丈夫、一位患有肺病的大学生以及公主和阁下了。大学生又瘦又高，当他想要在一张很短的床上睡觉时，他的脚就得伸出通向过道的窗外。在其他房间里还住了几个女孩，她们仪态端庄，就好像在英国淑女那儿培训过一样。

一天早晨，斯克里亚宾刚下夜班回来，这位公主不知如何得知她的房间曾经住过一位刚刚过世的女难民。她将蓝色丝绸家居服的袖子高高卷起，用热肥皂碱液把地板擦得明光锃亮。她不想让人们在背后议论，说她把住了这么久的房间弄脏了。她想搬到邻街，可是坏名声也会跟随她而去，因为这位公主很不讲究卫生。她把洗碗水从窗户直接泼到街道上。她第十三次扔出去的垃圾桶刚好落在了斯克里亚宾阁下夹杂着白发的脑袋上。污浊的水流淋下来的一瞬间，他正要亲切地询问，他是否应该给“小鸽子”卡加斯基娜弄点儿晚饭。现在，他气冲冲地走上楼梯并信誓旦旦地警告公主，要将她那卑鄙无耻的双手上的每一节骨头都打断。

当他在棚屋里发现了那套周日礼服时——公主在临搬家前将它们放在了原地，心中的怒火更加旺盛了。

虽然小房间里藏着他最珍贵的宝贝，可是斯克里亚宾每晚去上班时，从来不锁门。这让我们的朋友百思不得其解。他从未丢过任何东西。恰恰相反，有一次当他回到房间时，发现比

他走时还多了件东西。

前院的房子里挤满了穷困潦倒的“爱的女佣”——年轻美丽的姑娘，她们被父母卖给了这些房子的主人。这位所谓的“家父”那天去乡下继续购买“商品”，乡下的姑娘们更加便宜。很多父亲要养活12或者15个孩子，可是像苦力这种艰苦的工作根本无法养活这么多孩子们。他们往往卖掉他们唯一的财产——12岁或者14岁的女儿。老板不在的那天，房子里发生了极大的骚动。一个被买来的身材丰腴的姑娘生下了一个小男孩。所有人都大惊失色。这位年轻的母亲该如何是好？老板绝不会容忍妓院里有小孩，肯定会将她赶走。万分绝望中，她在附近庙宇的镀金菩萨脚下点燃了100炷香。

也许这位有些掉漆的菩萨给她指了条明路。当年轻的母亲回到房子以后，她去后院打开了斯克里亚宾没上锁的门。院子很宽敞，挨着邻院，总有很多小孩在院子里玩儿。没人注意到小孩的哭声。她知道，斯克里亚宾有可能搬进了隔壁寡妇家的斗室里。

当斯克里亚宾回到家为他的皮大衣低声呜咽时，他吓得大叫起来，他冲进院子像疯子一样大喊大叫。一个姑娘突然跑过来，乞求能讲一口流利中国话的斯克里亚宾收留自己的孩子。他怒吼，如竞技场上的公牛般咆哮。

第二天，他搬到了寡妇家。他收养了这个小男孩。他再也没有去过“基斯林和巴德尔”蛋糕店。听那儿的人说，他现在成了倒霉蛋：一个曾经身居要职的军官居然给未婚女子的孩子洗尿布。人们看见他熬粥，一大早就用小推车把孩子推到江边。老熟人偶然碰到他想询问他的情况，他傻傻地微笑着说他有了一个儿子，他去上班的时候，孩子就像天使一样睡觉。

这个寡妇也一直在照顾着他们，她可能卖掉了自己的房子，三个人都搬走了。斯克里亚宾总是担心，有一天孩子母亲会要回他的宝贝。可是她穷得叮当响，少照顾一个活物她会幸福一些。

这些漂亮的姑娘是世界上最不幸的人。偶然间，我知晓了一场凄惨的命运悲剧。

她每天在同一时间和我坐同一辆有轨电车，好几次她都坐在我旁边。她总是在“母亲”的陪同下在法租界下车，后来的事情证实了我的猜想。这位“母亲”将她带到市场上，让她在一群姑娘中任由船员、有钱的外国人或者是能付起钱的商人挑选。高颧骨和黄皮肤组成了这个女孩棱角分明的侧脸轮廓，亚光面的中国丝绸长裙凸显出女孩高贵和苗条的身材。这让我不禁想起那位年轻的埃及女王，几千年后她的美丽仍令人无法忘记，后来我称这个女孩为“娜芙蒂蒂”。

当我第一次跟她讲话时，她没有回应。“也许她没听到。”我心想，然后再次尝试跟她讲话。这次她转向我，用她那哀伤的棕色眼睛看了我一眼，用洋泾浜英语说道：“女士，您不要跟我说话。我太卑贱了。”

有轨电车上的人们取笑我，同时把毫不掩饰的赞美微笑投向姑娘，她单纯的美貌令人喜爱。“我知道，”我回答，“尽管如此我还是愿意同你讲话。”

第二天，娜芙蒂蒂请求我，去她父母家做客。我过去是为了看看，是谁如此残忍地卖儿鬻女。

可是我怎么能够去抱怨这些人呢？生活别无选择，我如何

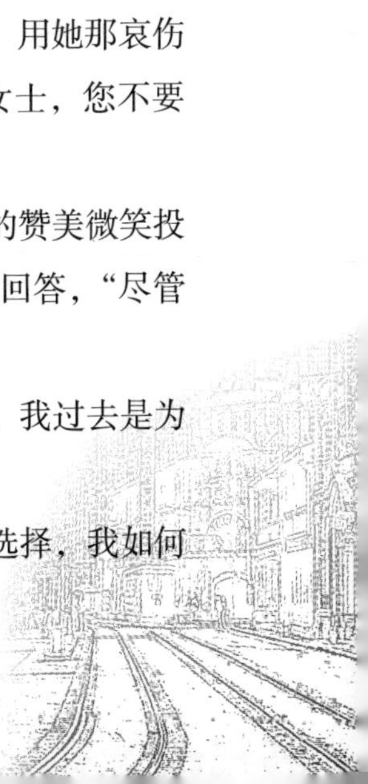

责怪他们？他们蜗居在破旧不堪的房屋里，当时的中国有成千上万类似的简陋房屋。除了几件华丽的连衣裙挂在阳台上，几瓶香水摆在破碎的镜子前，房间里一无所有，这也暴露出娜芙蒂蒂的“职业”。房间里挤满了她的弟弟妹妹。她真正的母亲是一位因劳累而过早衰老的朝鲜女人，父亲则躺在垫子的角落里，他几乎无法从那儿站起来。他拉了很久的黄包车，面对客人的大发雷霆突然昏厥倒在大街上。黄包车行在晚上算账时才发现他没交车，让人去找他，其实是去找黄包车。在同一个车行拉车的车夫找到了他。他费劲儿地松开抽搐的双手，昏迷中仍紧紧抓住车杆，保护着别人的财产。车夫如果丢失了黄包车，就再也没有机会借车了，他会永远丢掉这个饭碗。娜芙蒂蒂的父亲，曾经是上海最好的车夫之一，却不能再拉黄包车了。他十七岁的女儿必须带着美貌走向市场。一个中国姑娘不会单独去市场上，穿戴干净整洁的“母亲”会陪着她，作为姑娘的保护人、出售者和收款员，她会得到一部分报酬，剩下的钱给姑娘的家人。

当我到娜芙蒂蒂家里时，她满怀喜悦地招待我。她不敢相信，有一个女士知道她是做什么的，却依然把她当人看。

我从不后悔与她结下友谊。

我丈夫去世的那天来了。娜芙蒂蒂之前就来看过我，但自那天起她陪我度过了人生中最孤单的日子。她送来了切成小块的紫色果子冻、一碗米饭和茶叶。这一定是苦力家里煮的最可口的饭菜。陪同娜芙蒂蒂一起来的妹妹看到我一点儿胃口都没有，便无限满足地把美味佳肴吞进了自己的肚子。

娜芙蒂蒂把我拉进了院子。她将纸钱和其他用纸糊的东西放在麦草堆上点燃，充满敬畏地向死者深鞠躬。

这些天以来，没有一个欧洲人来看望我，我偶然碰到的第一个人，他先是用感人至深的话语向我表示哀悼，紧接着就问我要我丈夫过去穿的衣服。

当时的中国衣服异常紧缺。我丈夫去世的消息传开后，越来越多的人向我表示哀悼并打听衣服的事。

娜芙蒂蒂几乎每天都过来看我。一些消息灵通的人不断前来要衣服，令我备受折磨。下一个人过来要衣服时，她用力打开门把那人推了出去。这件事不胫而走。人们都躲着我，并在背后说我和一个低贱的无赖打交道。

娜芙蒂蒂希望两年后她哥哥可以做点儿小买卖，这样她就自由了。她想去另一个城市，一个没人知道她过去的地方。可是，两年后她依旧每天去市场，因为其他工作都不足以养活她的家人。

当我离开中国时，她已经用一大笔钱租了市场上的一个货摊。她没有去一个陌生的城市。人们写信告诉我，有一天她坐轮渡沿着黄浦江到了入海口。在那儿，浑浊的河流涌入汪洋大海，还有一个被战争毁坏的游泳池。晴天时，孩子们在一些尚未破损的石材马赛克面上玩耍。据他们说，一位漂亮的女人引起了他们的注意，她用肥皂泡擦皮肤，就像要把世界上所有的污垢洗掉一样。然后，她把一个白色夜来香花环戴在头上，一边唱歌一边祈祷，缓缓地走向大海深处。

当我得知娜芙蒂蒂自杀的消息后，我用纸剪了一个房子以及其他许多她梦寐以求的东西，在天井将这些东西和纸钱一并烧掉。唯一可以理解我悲伤的是我书桌上的陶瓷菩萨，我跟菩

萨说：“她，在尘世间被称作肮脏的妓女，你会打开极乐世界的大门，让她的灵魂去往那里吗？”

笼罩在白色云烟中的菩萨微微晃动了一下。有人忘了把烟熄灭，一盒火柴被燃烧着的烟头点着。当云烟散去，菩萨和以前一样矗立在那儿，但是她的头不停地摇晃着，露出诡异的微笑。

讲述娜芙蒂蒂的生与死必须追溯到很多年以前，事件像滚石一样推我向前，直到它们坠入回忆的峡谷。这种比喻人们可能会认为有些夸大其词。我们活的时间越久，越觉得这些事情不真实。生活越是艰难，生命就越渺小，留下的回忆就越来越多。我们中许多人更多的是生活在回忆里。这些回忆不会随着时间的流逝而变得模糊。正好相反，人们越是打磨它，它越加光芒四射。

我现在必须追溯到最艰难的那段时间，日本人清理了所有欧洲商店并强迫店主搬进虹口区。在那里设有无国籍难民隔离区，人们不久后收到了必须严格执行的外出禁令。

隔离区的统治者是一名日本军官。隔离区的中国居民可以随意进出，而我们在没有军官允许的情况下绝不可以越过边界。这位军官个头很小，他憎恨高个子的人，尤其是高个子的男人。这类的事情时有发生，但通常情况下也无关紧要。军官会发泄他的仇恨。有一次，他遇到一个高个儿男人，他用如钢铁般坚硬的小拳头闪电般地砸向了这位难民的下巴。那人当然惊慌失措，咬到了自己的舌头或者掉了几颗牙。

军官对又矮又丑的人相当随和，比如我。有一次我需要外出许可，很顺利就拿到了，感谢上帝赋予我其貌不扬的外表。

当美国人开始轰炸大多数日本人所居住的虹口区时，外出变得异常危险。我们名副其实地与世隔绝了。万幸的是中国市场还在，我们有机会弄到食物。由于轰炸持续不断，许多中国人都搬去了农村。虽然通过一些小商贩的帮助可以勉强维持生活，但这段时间我们只能满足最基本的食物需求。

我们美丽的餐厅“科里布瑞”也被迫关闭，那是我们付出爱与辛劳建成的，现在我们失业了，全都站在大街上。

经营“科里布瑞”餐厅的两家人有一些积蓄，另外，他们也从美国的亲戚那儿得到了一笔资助。我丈夫从我微薄的收入中攒下了一点儿辛苦钱，这些积蓄和通过神父转交给我们的钱，以及一位堂兄间接给的几美元构成了我们的“资产”。

我决定用这些钱买一个提篮，烤一些维也纳面包蛋糕，再卖给咖啡店和饭店的生意人。我想象着，每一个难民都日思夜想着苹果卷，还有加上果酱、罂粟籽或者奶酪的果馅蛋糕以及坚果牛角包，这些来自家乡的甜点。

我在虹口区找了几家餐厅，几乎每个咖啡店和餐厅的老板都答应会买一些我做的甜点。顾客群有所保证。

但首先必须找到一个地方，一个我可以烤面包蛋糕的地方。

一天上午，我走进了一家面包房。我丈夫在外面等我。我询问是否可以付钱在这里烤蛋糕。

“您想烤什么？”老板问我，一个眼神阴森的亚美尼亚人，名字是阿维迪克·玛通茨。“我想烤几个苹果卷。”我答道。在问我需要什么样的配料之后，他说：“您明天早上六点来吧。所有的东西都会准备好。您可以烤薄面饼，我帮您把它们卖掉。”

我准时到了。当我正式开始做的时候，帮厨们都围绕大桌站着，他们是俄国和中国的面包师。我在“科里布瑞”餐厅已经烤过很多成功的薄面饼了。当时整个日本军官团都是我的顾客。对面赌场的那些军官也成为我的支持者，我烤的糕点比附近剧院首席女歌手的独唱表演还要抢手，她可以发出如鸟鸣一般的尖细声音。接下来会有意外发生吗？

然而事情确实发生了。他们给我的面团太稀，黏成了一团，板油太硬，蛋是鸭蛋。可我仍然坚信我能成功。我敲打面团，把它放在提前加热过的平底锅底部。我已经和几位帮厨准备好了苹果，手巾平铺在桌面上。我开始拉扯面团。但是，它断了，在一些本该如丝般柔滑的地方出现了越来越多和越变越大的洞，到最后它几乎烂成了一整个大洞。

我仓皇失措地离开这个令我倒霉的地方。老板不在。我离开时，看到那些面包师正努力地用面团将洞补上。他们非常巧妙地修补着。后来他们告诉我，最后他们把面团上的洞补好，折叠几次，按照“果仁蜜饼”或者匈牙利的“皮塔饼”的样子压好。

第二天，我想赔偿我所造成的损失。老板在面包房津津有味地品尝着那个苹果卷，还配上了一杯浓浓的咖啡。“太美妙了，”他说，“可惜我不能与你分享了，我全都吃光啦。我简直停不下来。维也纳苹果派果然名不虚传。”

当他说打算雇用我时，我开始冒汗。我并不愿意。我再也不想烤苹果卷了。“您有丈夫吧？请您回家把他叫来。”玛通茨先生命令道：“我要跟他谈谈。”

我转身要走。我并没走远，因为我丈夫正在面包店前面来回走动。“停一下，”玛通茨先生从后面喊道，“你们一定有点儿积蓄吧？”

“我丈夫存了一点儿，还有一些是我儿子从英国通过一位神职人员转交给我们的。”

当我回想起当时发生的事情，直到今天我还不明白，我怎么会如此详尽地向这位陌生男人坦白我们所拥有的每一分钱。

我丈夫来到店里，玛通茨先生愿意让我们接管他在隔离区的一个面包房分店。这应该是一个甜品咖啡店。面食、面包和小饼干每天会从面包房运过来。我丈夫将我们的最后一分钱作为押金交给了他。后来我们得知，这位玛通茨先生因酗酒赌博刚刚赔光了所有家当，在同一天用我们饿肚子剩下的救命钱去买了一天量的面粉。

他陪我们去找他的一位俄国酒友，在他的房子里有一间店铺刚刚空闲下来。他租下了这家店铺。在房子的阁楼上找到了几张保存完好的桌子和几把椅子。面包房的帮厨们下午已经用浅黄色的颜料粉刷了墙面，并用油漆颜料在大的橱窗上画上了“欢迎”的字样。

我从欧洲带来了两个镍银做的大餐盘和一幅透光的白色窗帘，窗帘上有很大一块儿手工缝制的黎塞留刺绣。咖啡杯和刚出炉的饼干放在我最漂亮的锦缎桌布上面，用来装饰橱窗。窗帘来自我家的客厅，它为整个咖啡店增添了优雅的光彩。第一位走进店里的犹太难民惊喜地喊道：“孩子们，这不就是上海的得美尔甜品店[①]吗！”

① 得美尔甜品店（der Demel）是维也纳最著名的甜品店之一。——译者注

然而好景不长，得美尔式的外表很快就不见了。窗帘被熏黑了，不得不用床单代替。但是生意日益兴旺起来。开业当晚玛通茨先生来了，给我们规定了营业时间：“有些人凌晨三点就会来对面的市场，他们乐意喝上一杯热咖啡。所以你们凌晨三点就可以开门了。”

我的嗓子一阵发痒：“那我们什么时候关门呢？”他大笑：“关门时间？我和警察关系很好。如果你们晚上十二点或者一点关门，那你们还有一两个小时的清扫时间。”

我看了一眼我丈夫，他脸色苍白。他很高兴我们可以挣点儿钱，却忘记了自己的情况有多么糟糕。“如果我们清扫的时间更长一些，我们一天工作正好24个小时，可是我们只拿到收入的百分之十。玛通茨先生，什么时候我们可以去休息呢？”玛通茨先生大发雷霆：“这叫什么话，年轻的女士？我聘请两个人是做什么的？我还为您雇用了一个阿妈和她丈夫，女士。除了那百分之十，您每天还得到了三杯咖啡和三个小面包。您工作时，您丈夫可以休息，当他工作时，您可以休息。在这方面我并没有做出限制。”

他在二楼租了一个极小的无法取暖的房间。人们可以从外面的木梯爬上去。这就是我们的“家”。院子里有一个露天厕所。

“如果您觉得不合适，女士，您可以走。但是，押金只能等到雇佣关系解除之后才可以退回。但我暂时不会解除。如果您想解除，我可能三年以后才会把钱退给您。我有您所有的签名。”

我们是在所有地方都签了名，上面都是汉字，翻译成看不懂的洋泾浜英语。现在，我们沦为了他的俘虏。他每天晚上过来，拿走当天的收入，检查账单，接下第二天的订单。当他每天都有一笔可观的收入时，心情大好。

我丈夫越来越瘦，脸色越来越苍白，但是他从不抱怨。他孜孜不倦地工作并感到欣慰，因为他终于又可以自己挣钱了。

我们偶尔也会被幸运怜悯，客人们十点就回家了。我们可以关门，到江边散步。这个得归功于炽热的夏日夜晚，人们在封闭的房间里几乎无法度过。起初，只有难民光顾我们的面包房。数月以前的旧报纸对他们有着特别的吸引力，这些报纸时不时地从欧洲寄过来。

有一天，一群船员来到咖啡店。他们将战争波及上海，坏名声早已传开。他们经常去的那几家餐厅的家具被他们砸烂。领事馆开始还赔偿所有损失，但现在却宣布，以后所有因船员造成的损失一律不予赔偿。谁给他们酒喝，谁就对此负全责。

我下定决心，如果他们踏入我的咖啡店，我就将他们赶出门外，或者干脆不让他们进来。

但是，当一位和蔼的年轻男士坐在桌子旁边，穿戴体面举止优雅，点了一大杯不加牛奶的咖啡和两块蛋糕，及时结账并友好地打招呼离开时，我能怎么办呢？第二天，这位和蔼的年轻男士又来了，并带来了一位同样友善的朋友。他们点了两个大杯“土耳其咖啡”和四块蛋糕，聊了会儿天，礼貌地问候并离开。第三天，来了四位友善的男士，他们聊天、点餐、喝咖啡，最后安静地离开。我们还要将他们赶出门外吗？以什么样的理由呢？

一周过去了，这些新的客人从6个增加到了12个。他们的声音逐渐变大，令我感到奇怪的是，他们瞬间就将一份或者两份咖啡加蛋糕消灭干净了。他们唱起了瑞典歌、丹麦歌和芬兰歌，当我请求他们不要再唱的时候，他们听话得像教会的学生，只有眼睛里闪烁着狡黠的光芒。

他们其中的一人离开咖啡店，很快再回来时大衣口袋变得鼓鼓囊囊的，我突然恍然大悟。当我去厨房里取一杯新咖啡时，我听见外面一阵奇怪的笑声。我一般不踏进前厅，此刻我看见一只手消失在松垮垮的上衣口袋里，当这只手再次出现时，这个口袋又变鼓了。

秘密隐藏其中：一瓶伏特加酒，他们在旁边的商人那儿搞到的。我们现在才注意到，每个人都带着这样的一瓶酒。有的放在大衣口袋里，有的放在公文包或者雨衣上的兜帽里。在未被注意到的瞬间，他们将伏特加倒进咖啡里。我大失所望。这些小伙子们并不坏、也不野蛮无礼，他们从不抽烟，也没毁坏家具。他们仅仅是在伤害自己的身体。

后来，他们称呼我们为爸爸妈妈。有一次，他们发现一位年轻的爱尔兰人冻死在排水沟里，这悲剧令他们久久不能释怀。身在爱尔兰的母亲正等着红发少年的归来，想起来就让人不寒而栗。

玛通茨先生心满意足。他每晚来拿钱，对其他事漠不关心。在我们来之前，他的经济状况摇摇欲坠。现在，这家分店的销售额稳定上涨，他又开始放贷。我们每天从凌晨三点到深夜一刻不停在工作。

一天下午，我们的咖啡店里挤满了来自维也纳的难民。他们希望安静地聊天。汉内斯坐在中间，汉内斯·斯利姆或者我们叫他汉内斯·施利姆，是一位来自瑞典的船员。他好几次都想要“改良”他的咖啡，但他在人群中感到局促不安。因为咖啡店已经满了，他的同伴们不能进来。

我正在用一把从维也纳带来的大刀切面包片，汉内斯·施利姆突然从我手里夺走了刀，拿着它到处挥舞并大喊：“犹太人滚出去！”受到惊吓的难民顾不上付钱就冲出了咖啡店，朝不同方向四散而逃。汉内斯还是很沮丧，他踉踉跄跄地朝家走去。店里空无一人。虽然还有零星的几个人过来，但刚才发生的事情很快就传开了，不一会儿我们就可以去江边喘口气了。

第二天是那个月的第一天，船员们亲自去领事馆领取他们的薪水，犹太难民去犹太人救助委员会领取微薄的资助。店里只有前来买面包的顾客。汉内斯也来了。他清点了店里所有的椅子，在一张纸上计算着什么。然后，他将纸条贴在鼻子下面，将一把钱用力地扔到了柜台上：“那个，这是赔给你们的损失。椅子我数过了。每一把椅子上面都坐了一位客人，还有咖啡和蛋糕。每个人我按两块蛋糕计算。一共是这些钱，剩下的给你。”

我不想要这些钱，但是汉内斯坚持要给：“人们告诉我，我造成了相当大的损失。现在这个损失得补上。”

我并不怨恨汉内斯·施利姆。他是我遇到的唯一一位对我们造成伤害过后想要弥补的人。但事情常常于事无补。难民们再也不敢来我们这儿了，船员们也有一种不好的感觉。很长一段时间以来，咖啡店的生意都是玛通茨先生的聚宝盆，也为我们提供了生活来源，自此却一蹶不振了。

当我不得不离开维也纳的时候，我对自己说，也许我会从这种强制迁居中有些好的变化呢。上海空气中含碘量很高，这对我的甲状腺肿会有好处。然而事与愿违。我的甲状腺肿越长越大。我们附近住了一位患有硕大甲状腺肿的难民。他是一位诗人，但他真正的收入来自小偷小摸。他在他所住的难民救济所里偷东西，凡是他看见的，不管是一双鞋、一件冬衣或者一把折叠刀都囊入怀中，他把这些“商品”再卖到市场上或者卖给窝藏者。

我很长一段时间没见到他了，有一天他出现在我们面前，点了一杯咖啡。他的甲状腺肿不见了，穿着精致的西装，脚上的新鞋闪闪发光。我不知道，我应该对什么更加好奇，是消失的甲状腺肿还是精致的打扮？他看见我惊讶的表情，让我不要坐立不安：

“仁慈的女士，当您在这儿看见我时，我刚刚从监狱出来。换句话说，从神奇的警察医院出来。我被问道，是否愿意将那硕大的甲状腺肿切除。我自然是欢天喜地。谁愿意一直拖着那个累赘。”他用有些恶意的微笑看着我的甲状腺肿并接着说：“他们甚至免除了一部分对我的惩罚。我穿的这些衣服、喝咖啡的钱，都是我老老实实获得的。您看，我这件西服都是用真丝做里衬的。这件衬衣，是用最精致的瑞士上等细亚麻布做的。”

“医生叫什么名字？”我想了解一下。

“埃里克·维欧医生，一位优雅的阜姆人[①]。”他做了一个

---

① 阜姆自由邦是一个存在于1920—1924年期间的自由邦，现为克罗地亚城市里耶卡。——译者注

慷慨激昂的手势，就好像讲到祖先的朋友、威尼斯执政官一样。他总是用一些华丽浮夸的语言。在上海，人们认为他是个傻瓜，但在欧洲他过去应该是一位不错的诗人。

L.先生消失的甲状腺肿在我心中泛起一阵波澜。一天，我走进上海的监狱大楼，这是除美国兴格监狱之外世界上最大的监狱。我想咨询埃里克·维欧医生。漫长的等待后他来了，还穿戴着做手术的橡胶围裙和手术帽。在盥洗室里，我告诉他我的想法。我想让他给我做手术。“您这么相信我吗？”他问我。“我原本只是X射线专科医生，只做过很少的手术。”

“医生先生，我完全相信您。”我斩钉截铁地说。

“但是，我不能在监狱医院给您做手术。那里只接受囚犯。”他也是其他医院的经理，最后他给我安排在上海市总医院[①]，一个由教会的布道团修女管理的医院。医生给我做了手术，需要在医院住八天。我们的阿妈和她丈夫帮助我丈夫度过了这段艰难的日子。我很担心我丈夫，并告诉维欧医生我丈夫的情况。他决定给我丈夫做个检查。

做完检查后，维欧医生的表情很凝重。“我很愿意帮您，”他说，“但是我无能为力了。”这是我一生中最可怕的时刻，苦涩夹杂其中。

过了段时间，我已经回家了。他过来看我，并跟我丈夫说：“博士先生，我在总医院预留了一个床位。您可以作为我的病人过来，您妻子作为护理也可一并过来。”

“天哪！医生先生，”我丈夫说道，“这意味着我们的生活

① 上海市第一人民医院前身。——译者注

会蒙受损失。我们的生意怎么办呢？”

维欧医生知道，我丈夫活着的时间不会太多了，安慰他：“我见到了考得斯先生，请他在您住院期间帮您打理生意。他同意了。”

考得斯先生是我丈夫最好的朋友。对他而言，我们的咖啡店意味着家乡。他出身于维也纳的一个富贵家庭，无法适应流亡生活。他没有找到任何营生，流离失所。美国的亲戚给他寄了一大笔钱，他早餐点一杯咖啡和一块面包，中午一杯咖啡和一个小面包，最好的留在晚上——一杯咖啡和一个“哥拉奇”[①]，这些钱够花很长时间。我丈夫也经常将午饭分给他一些，并让我相信他自己已经吃饱了。

考得斯也在许多方面帮助我们。当我丈夫谈起我们的儿子时，他总是耐心地倾听。我丈夫几乎只说儿子的事情。连续好几年都没有收到儿子来信了，因为自从战争爆发以后，每一条线路都中断了。考得斯先生对此非常理解，就像以前我在科马尔诺给寡妇巴林特报喜不报忧一样，他对我丈夫也是如此。

两年后，我们收到了儿子寄来的红十字会信函，上面只说了好的方面。人们应该相信，他和他的流亡是幸运的。然而，真实的情况是，他在鸡场打杂，他的任务是清理鸡棚中的粪便。鸡场破损的鸡蛋是他的食物。这些都是我后来才听说的。

考得斯先生经常帮忙服务和收钱，这样我虚弱的丈夫可以坐着休息一会儿。他对生意已经轻车熟路，并且做好了准备，我们不在的这段时间帮忙打点生意。玛通茨先生同意了。

---

① 一种捷克甜点，配以不同馅料的酥皮点心。——译者注

维欧医生给我丈夫安排在一个大的三人间里。我可以在浴室旁边的斗室休息，但我从来没用过，我都是在病人旁边的藤条椅上打个盹。房间里只要有点儿动静我就会迅速醒来。

我其实还应该照料其他的病人，教会护士对我很满意，我照顾好我丈夫，她们就少了些工作量。

每隔几天我丈夫都派我回咖啡店，看看一切是否正常。我总是在江边的石堤上坐两个小时，构思出最好的报告。我说，咖啡店的生意又好起来了。在我看来，这似乎可以令他得到些许慰藉。他对自己的情况也许有所预感。

由于我丈夫严重的耳疾我必须大声跟他讲话。为了不让人听见我们谈话的内容，我们经常用匈牙利语交谈。

一位病入膏肓的男人躺在隔壁房间。他的一生充满了传奇色彩。他是佛教高僧之一，一位大名鼎鼎的和尚，同时也是一个臭名昭著、言而无信的人。当我和我丈夫大声讲话时，他可以听懂每一个字，因为他来自匈牙利。一些身披藏红花色袈裟的男士们过来又离开，为了和即将去世的佛教高僧告别。他梦想着匈牙利的家乡，也许是我们的匈牙利语对话勾起了他的回忆。

女护士长告诉我，危惙之际的特里比西·林肯[1]想见那位讲匈牙利语的女士。

我丈夫说："去吧，也许你能帮到他。"

我没能帮上忙，但是可以满足他的愿望："女士，请您唱，

① 特里比西·林肯：1879年生于匈牙利，父母为犹太人，1899年皈依基督教。在两次世界大战中，为美国和德国做过双重间谍。因触犯各项法律，匈牙利、英国、美国和德国都在不同时期追捕他。1922年年底，特里比西·林肯来到中国。1931年，林肯在南京附近的宝华山正式剃度为僧，法号"照空"。1943年在上海去世。——译者注

请您和我一起唱。”他从装饰华丽的床上直起身来，发出嘶哑的可怕声音，用一双大眼睛乞求我跟他合唱这首歌曲。我开始唱《天佑匈牙利人》。这是匈牙利国歌。他用那令人毛骨悚然的声音挤出所有段落。唱完歌，我就离开了。

我没有时间仔细思忖这件事。我也不知道，这位高僧何时、怎么去世的，因为我丈夫的病情每个小时都在恶化。他需要氧气筒。可是医院太穷了，没有钱为他购买。我冲回家，把我所有的衣服扔在地上，卖掉了衣柜。为此，我换取了两个氧气筒。

我有一件针织的羊毛套装。我丈夫曾在维也纳参加过针织机的再就业培训课程，结业时他给我织了一件配着粉红色衬衫的深蓝色套装。这件衣服太美了，我一直情有独钟。现如今只好把它当旧毛线卖了，还有我的婚戒，总共换取了半罐氧气。用一个水晶盒子换来了一次输血。

玛通茨先生把押金退还给我。但是，第二天它们几乎全都变成了废纸，因为恶性的通货膨胀造成了货币的迅速贬值。这些钱我只能买到几个毫无用处的注射液瓶。骗子出售仿造的外国药剂。

难民得到的信息寥寥无几，没有人看得懂汉语。玛通茨先生会汉语，他在货币贬值的前一天将他长年的负债还给尚不知情的债主。一部分钞票已经无法交易了，我和其他许多人一样，徒劳地站在中央银行门口。两只巨大的青铜狮子守卫着银行的大门。这里有一种说法，抚摸一下狮子的侧翼，就会被赋予强大的力量。狮子的双翼已被磨得铮亮，如金子般闪耀。

考得斯借给我一些钱，用这些钱我才可以买一杯浓浓的黑咖啡。贫困也波及了医院，食物相当匮乏。修女将烤面包的面团放进水里煮，因为烤面包所需的煤所剩无几了。唯一庆幸的是，我丈夫可以把面团泡进买到的咖啡里。

这天，修女们给我提供了一个特别的优待，我做梦都没想过的一种奢侈——几桶多余的热水。我觉得那是煮面团的水，我可以用这些水洗一个热水澡。

“去吧，”我丈夫说，“那对你的身体有好处。”

我将这些热水搬进了浴室，倒进了澡盆。洗热水澡让我体会到一种幸福感，它赐予我力量。

我无法预料这一天我还需要多少力量。当我回到病房时，我丈夫奄奄一息地躺在病床上。他许久没有说话，后来发出微小的声音:“她跟我说了。”我不知道这句话的意思。“她说，您必须准备好，时间不会太久了，您会幸福的，上帝会召唤您。”

护士给我端来了一碗豆浆和一块煮过的面团。我去洗澡的间隙给了他们拯救我丈夫灵魂的机会，因此我得到了奖赏。我惊讶得说不出话来。“他现在很幸福，”她说，“为了让他做好去见上帝的准备，我们已经竭尽全力。”

我不知道她做了些什么。我只是闻到一缕香火气息，看到黑衣僧侣的衣角从隔壁房间消失。

他想吃果酱馅蛋卷煎饼。家里还有一些面粉、几个鸡蛋，我在路上买了豆浆。我烤好了果酱馅蛋卷煎饼并坐黄包车回到了医院。我丈夫张大了嘴，我把煎饼咬成小块喂进他的嘴里。他没有咽下去。我叫来护士，请求她帮忙。

他的双眼睁得很大——我之前并不知道，人长眠不醒时眼睛并非闭着。护士来了，给他合上双眼，取下他手上的戒指。我还是不能明白。她拉着我的手，带我穿过了一个长长的狭窄过道，走进了一个小房间。“您可以在这儿休息。他现在不再需要您了。”

“为什么，为什么？”我跌倒在床上。接着一跃而起，开始号啕大哭。我哭得像只野兽。我责怪上帝对我所做的一切。我无法停止哭泣，但是渐渐地哭声越来越小，直到后来只有我自己可以听见。这种啜泣声我听了30年。

晚上，我还在外面游荡，坐在江边一个破败不堪的公园长凳上。我在那儿睡着了。当我醒来的时候，我的大脑一片空白。我在哪儿？病人在哪儿？我想拿起地面上的灯，使它的光线不要打扰到他。我想拉住灯泡前面的手，为了照亮他的脸庞，为了看清他的感受。但是，那里什么都没有。

我跌跌撞撞地回家。我回到咖啡店，闻到一种与以往不同的咖啡，橱窗里只剩下两个过期的小面包。考得斯孤零零地坐在中间。我没有说话的力气，拖着沉重的步伐进入房间。木头台阶在我脚下嘎吱作响。邻居听见动静跑上来：“你丈夫去世了吗？”我没有回答，他们又走了。房间里空荡荡的，衣服挂在墙上的钉子上，床已经卖了，弹簧像蟒蛇一般从矮沙发上吐出舌头。我将几件衣服扔到地上，让自己躺在上面。我只想睡觉，永远地睡下去。“亲爱的上帝，你为什么留下我一个人啊？”

“我没有将你一人留下。”我以上帝的名义自言自语。“你还有一个孩子。”是的，我还有孩子。一个艰巨的任务在等着我，那就是通知他父亲去世的消息，但我没能做到。我在字里行间这样写道：“我们很好，也很健康。希望你也是，我的孩子。尽快回信，写详细些。亲吻你的父母。”

如此短的一封信却让我绞尽脑汁。我写了很长时间，因为我必须让自己摆脱每一句谎言。之后的信几乎都是同样的内容。为什么要让我的小男孩也受到心灵的煎熬呢？何况这也丝毫无法改变苦涩的真相。

葬礼在几天以后举行。一个男人用平板车将棺材运过来。在我们店前面停了一小会儿。我独自跟在棺材后面走了几个小时，因为墓地位于城市边缘的小山坡上。那里已经聚集了几位客人，其中也包括几名船员。他们在棺材上放了几小束花并排队与他告别。汉内斯献上花，他轻声说道：“爸爸，请原谅我。”

年轻的拉比说，逝者托他转述给我的临终遗言能够反映出他的性格：“你看起来如此憔悴，我的孩子。现在是时候从你肩上卸下照顾我的重担了。”当他在医院里询问我丈夫的情况时，修女告诉他：“我们从来没有遇到过这么有耐心的病人。他热爱生活，希望不要连累任何人。”

在拉比结束讲话后，他们将我丈夫抬到了一个阳光照耀的小山坡上，山坡延伸至水中。在回家的电车上，我向汉内斯和其他人表示谢意。

当我们还相信在我丈夫身上会出现奇迹的时候，有一次汉内斯和他的酒友们来到了医院，恰巧那天女护士长同意我们在医院的阳台上坐一会儿。他们穿戴得很整齐，合唱了“生日快乐”歌曲，尽管并没有人过生日。他们还买了一大块儿只有在高档甜食店才有卖的冰激凌作为礼物。汉内斯把冰激凌拿到了阳台。当他走到阳台，冰激凌啪嚓一声掉在了我丈夫的脚上，

化成了一滩黏糊糊的东西。我丈夫发自内心地开怀大笑，就像在他最美好的时光里，而非行将就木。我永远不会忘记那位汉内斯先生。

玛通茨先生没有参加葬礼。然而，晚上他过来了，仔细打量着空无一人的咖啡店，并通知解雇我，原因是他雇了两个人经营这家店，但现在只剩我一人了，所以他又聘请了其他人。而且，因为房子只为工作的人提供，所以我必须立即搬走。我回答他，他可以将我从店里赶出去，但是我不会离开房子，就算他带来一个团的哥萨克骑兵也不行。我也不清楚，吵架的力气是从哪里冒出来的。

他自讨没趣地离开了，第二天下午又来了。除了几位客人在店里，橱窗前还站了许多小孩。我丈夫总是将剩余的面包分给孩子们，因为空气中的湿度很高，面包放两天就会发霉。孩子们将我丈夫称为“善良的面包先生”。数百人前来询问他的情况，当大家得知他离世的消息后，许多人都潸然泪下。

当玛通茨辱骂我时，孩子们和年轻的小伙子们问我，他到底想要从我这儿得到什么。“将我赶到大街上。”我用自己最流利的洋泾浜英语说道。

在我给出这个解释后，石头如骤雨般穿过敞开的窗户砸向玛通茨先生，发出噼里啪啦的响声。当他从后门仓皇蹿到街上时，第一批小伙子们已经闯进店里了。

工部局[①]的驱逐令有一天插在我房间的门上。奇怪的是底下还留了一张纸条：“由于拒绝协商，我被迫发出驱逐令并向

---

① 外国人在上海设置于租界的行政管理机构。——译者注

您递送公告。我知晓玛通茨先生的惯用伎俩，请您向日本长官合屋申请外出许可，离开虹口隔离区来找我。请您转告他，凡·惠更斯先生提出如此请求。”

正如我之前说得那样，我很顺利地获得了外号为“铁拳小矮人”的外出许可，批准我离开虹口隔离区十二个小时。

第二天，我就立即赶往工部局。凡·惠更斯先生是我所认识的最通情达理的官员之一，他让我讲述我的情况，并承诺为我保留那间房子。

过了一天，他骑自行车来到隔离区。他将新房客约请了过去：“您是玛通茨先生的新房客吗？”

“是的，我们已经付了咖啡店的钱。”

“原来如此，”凡·惠更斯轻咳了一声，“像我看到的那样，您还有一套漂亮整洁的房子？”

“是的，”房客的妻子恭维地应承道，“房子的租金可不低。两个大房间、厨房、门厅、储藏室。我们的房子是欧洲规格。”

“玛通茨先生跟我说，您非得要以前房客的那个房间。”

“当然，”那个男人反驳道，“我们一整天都会待在这里。”

“那太巧了，”凡·惠更斯跟我说，“如果这两位新房客无论如何也需要这间房子，那么就请您明天搬进他们的房子。您知道，难民是不允许有两套房子的。我将以工部局总专员的名义立刻签发证书，女士，您有权搬进新房客的房子。”

这对夫妻瞠目结舌，最初的惊吓令他们哑口无言。然后，两个人同时说道：“请不要啊，我们不是这样认为的。如果这位女士愿意，她可以住在这个房间里。”

“她会的，”凡·惠更斯说，“直到有一天她回家了或者去了其他地方。”

第二天当我回到房间时，发现电灯线被剪断了。我写信告诉了凡·惠更斯先生。他告诉我，我应该去购置一个分计数器，并命令玛通茨先生立即将电灯线接通，如果他不想引起盛怒并接受严重惩罚的话。

现在，我得挣点儿钱了。当医院的院长从我身边走过时，我正坐在洒向楼梯的最后一缕阳光中。他问我，我是否有足够的食物？

“食物？我记不清，最后一次吃东西是什么时候了？但是这也无关紧要。”

“到底什么重要呢？”他很好奇。

“天哪，院长先生，工作很重要。”

“我先给您点儿饭票。用饭票您可以在难民委员会的膳食发放处领取食物。如果我妻子的鞋您能穿上的话，您可以拿几双。”他看见我穿着一双男士鞋。那是我丈夫的鞋，我最后一双好鞋也已经卖掉了。

次日，我去了难民委员会的膳食发放处。人们在那儿领到的食物实在太可怕了：黄米稀粥配糖煮大枣和青枣。我使劲儿把食物往下咽，因为我很久都没有吃饭了，可没过多久我就觉得恶心了。

三天后，幸运降临了。有户人家在找洗衣工。他们住在平房，条件好的难民也住类似的平房。这种简陋的房子一般有两三个房间，像蜂窝一样一个挨着一个。房子破烂不堪，让人觉得一阵风就能把它刮倒似的。

我必须在冰冷刺骨的水里洗衣服，手冻得像冰柱。晚上我会得到几块钱，这样我就能吃上一口像样儿的饭了。

这户人家将我推荐给其他熟人，后来每天都有人接我去洗衣服。我洗出了名气，挣了些钱，再不会饥一顿饱一顿了。

我在很长一段时间都这样干活。直到每一个关节都开始疼痛，无法继续洗衣服了，维欧先生成为我的救命恩人。他知道我一路走过的艰辛，将我接到他家，让我帮忙料理家务，维欧先生家安装的都是欧洲的现代设备。倘若我丈夫没有去世，这是我在上海度过的最轻松的一段时光。和中国用人一样，我有自己的住处，一大早前往工作的地方即可。人们对我很满意，这样的生活原本可以一直持续到战争结束，但事情变化莫测。

有一天，日本人接管了医院。维欧先生作为经理必须发表一份拥护“轴心国”的声明。如果没有发生这件事，他本应该在医院董事会工作，我还在他家料理家务。用人每天用不同的花装饰桌子，汽车司机每天早上开着一辆惹人注目的白色小轿车，将医生送到医院。这一切突然成了过去，因为维欧先生没有在声明上签字，他从那一刻起成了一个失业者，没有收入，没有汽车，也没有了用人。即使没有报酬我也愿意继续干活，但是几天之后他们将维欧一家送进了集中营——那曾经是虹口区臭名昭著的绿色地狱。

维欧先生在离开之前，请求一位同事照顾我。几天以后，难民医院的主管哈伯菲尔德先生给我提供了一个在医院厨房打杂的工作。

厨房位于一栋宽敞空旷的平房里。煤炉和锅炉旁边大约有20个人在干活。这个临时拼凑的团队由各种职业的人组成，旅馆老板、帮工、教授的儿子、布料和丝绸产品的代理商、制毛皮衣工人、一名制鞋工人和一位手工制作老师。我一直在这里待到了战争结束。

饥饿和贫困令我疲惫不堪。当我终于系上白色围裙、戴上白色小帽时——多年之后重新穿上的工作服，我几乎用尽了最后一点儿力气。

病人领完饭以后，厨房的帮工们就会坐在桌子旁边，我也可以坐在那儿。我心中只被一个念头所占据：“我要吃饭。”对生活没有更多的要求。能够活着再见到我的孩子，就足够了。我还希望收到我那可怜的小伙子的来信，他被强行推进了一个陌生的世界，我希望他还不知道，他父亲已经离开了人世。

我旁边坐着艾尔莎，她曾经是维也纳的一名手工制作老师，后来自己经营一家手工艺品商店。这家位于第五区的商店很受欢迎，也足够养活自己。她是一个出色的帮厨，也是一个传奇人物。她走路摇摇摆摆像只鸭子，说话粗鲁，但都是出于好心。那天，她将我的汤盘盛满了三次并说道：“别不好意思，你这个可怜的笨女人，你饿得眼睛都要从脑袋上掉出来了。如果还想见到你的男孩，你就得大口地吃饭，这样才有力气克服一切困难。”

她也有一个男孩。这个男孩是她丈夫带过来的，当时小孩刚刚出生几个星期。他的母亲死了，艾尔莎将他抚养长大。后来，她丈夫因为另一个女人离开了失去魅力的艾尔莎。艾尔莎将小男孩留了下来，他是她全部的幸福。他经常给她写信，而且信都准时到达，因为他在澳大利亚部队参军，还曾经来看过她。她的内心充满了对我的同情，因为这么久以来我都没有收到过儿子寄来的信。

有一天在厨房开门之前，我看见她站在院子里。她情绪激动，也许正在喃喃自语。她和亲爱的上帝对话：“看啊，亲爱的上帝，现在我已经见到了孩子，但是我不能眼睁睁看着她和她内心的伤痛。让她收到一次来信吧。我自愿放弃我的下一封信，把机会让给她。”

我想悄悄地离开，可这时她看见我了。

“你这个傻瓜，”她脱口而出，“人们不能为你做任何事。你对于上帝而言简直太愚蠢了。”

“是的，”我说，“艾尔莎，你说得对。”

过了几天，艾尔莎欢欣鼓舞地跑进了厨房。她在大门口承担起医院邮差的工作，她在那里发现了我的信。这是一场胜利。上帝因为她的请求安排我收到了这封信。

红十字会信函通常只有寥寥几行字，上面写着：“亲爱的妈妈爸爸！我希望你们和我一样好。我们成立了一个戏剧俱乐部——一个奥地利中心，我们可以经常去那儿，你们对此一定很感兴趣。和维也纳一样，这里有俱乐部晚会和戏剧表演。我们经常表演尤哈·索伊夫的《内斯特罗伊》和《维内塔》[①]。我当导演，我们一起制作演员服装和舞台装饰。我很开心，期待我们很快见面。爱你们的儿子，奥托。另：我听说，叔叔病入膏肓，命在旦夕。外祖母写信告诉我的。”

信里提到的“叔叔”是希特勒。在维也纳，人们盼望这段胆战心惊的日子快点儿过去，虽然对于很多人而言已经为时已晚。

---

① 尤哈·索伊夫是20世纪30年代奥地利最著名的政治作家。《内斯特罗伊》和《维内塔》是他创作的两部戏剧作品。——译者注

艾尔莎在院子里又蹦又跳，像一只发疯的山羊。这个神奇的女人在上帝那儿显然确立了她的优先地位。现在所有人都相信她的愿望祈祷，并争取得到她的“保护”。

数日后，上海爆发了大规模的空袭。我惶恐不安。人们没有藏身之处。没有地窖，人们刚在地下挖了半米的洞，地下水就冒了出来。尤其是晚上的轰炸更加令人毛骨悚然。我住的斗室就在离医院不足十米的地方。我一个人躲在狭小的房间里，爬到别人借给我的医院病床下面。每个夜晚都是这样度过的。晚上睡眠不足再加上提心吊胆，早上去工作时面如土色。警报往往在午饭时间响起，美军发起了新一轮轰炸。

有一天，菜单上列着糖煮水果和饼干等饭后甜点，空袭比以往早一些。我们躲进漆黑一片的餐具室。所有人在听到警报时都停下了手中的工作，我将儿子寄来的信紧紧攥在手中，希望他能够保护我。

只有艾尔莎站在厨房里，凝视着硝烟弥漫的房顶，和她的上帝进行谈话：“看啊，亲爱的上帝，饼干还没有做好，大家都逃跑了。”炸弹噼里啪啦往下掉，如暴风雨来临时那般电闪雷鸣，艾尔莎将饼干压好，把它们搁到烤盘上，放进烤炉。

当警报解除后，所有的饼干都烤好了，可以给病人们送过去了。这一次艾尔莎却并没有大获表扬。洗碗工说：“哎，就算饼干没做好，也没有人会饿死。你必须和所有维也纳人一样多想想你自己。”

我们把这位洗碗工叫作皮普，他有一个很长很拗口的名字。他是柏林人，对艾尔莎印象不太好。有天晚上，当我看见他在艾尔莎回家的路上跟踪她时，大为吃惊。“艾尔莎，”他吹着口哨，“我已经两个月没有收到家里的来信了。如果你想好好的，你知道该怎么做。”

艾尔莎向他承诺，一定会负责这件事。然而，皮普一直没有收到来信，从此以后艾尔莎名声扫地。

午饭时分，一阵猛烈的狂轰滥炸打破了几天以来的平静。我正负责给住在家里的病人送饭。我站在膳食发放处前面排队，家属为他们生病的亲人排队领取食物。我焦急不安，因为我排在队尾。终于快到我了。一刹那间，可怕的爆炸使医院剧烈震动，医院大楼很快被火焰和烟雾包围，火柱和烟柱像燃烧的蟒蛇蜿蜒穿过附近的街道。我们吓得像瘫了似的，但是当我们看到医院没有发生什么时，又逐渐平静下来。感谢上帝，我早上将一面印有红十字的白旗铺到了医院房顶上。两位同事找来了四块大石头，将旗压牢。我们都忘记这事了。过了几天，我们三人同时想了起来。医院因此躲过了这场致命的飞机轰炸。

解除警报响起，门打开了，我带着已经变冷的食物走了出去。等待我的场景触目惊心。附近的街道都被磷燃烧弹的大火烧毁。不计其数的人在空袭中身亡。我注意到一个女人，正准备离开。她装食物的篮子已经烧焦了，汤洒了一地。女病人的房子所幸没有炸毁。

我打开通往院内的门，朝里面喊道：“请问有人吗？”

立刻有人回答：“我们在这儿，请您快进来！”

当我走进房间时，却没有看到任何人。女人和她的阿妈没有受伤，她们躲到沉重的橡木桌子下面，吓得全身不能动弹。她们无法下定决心从桌子下面走出来，我把饭给她们推了

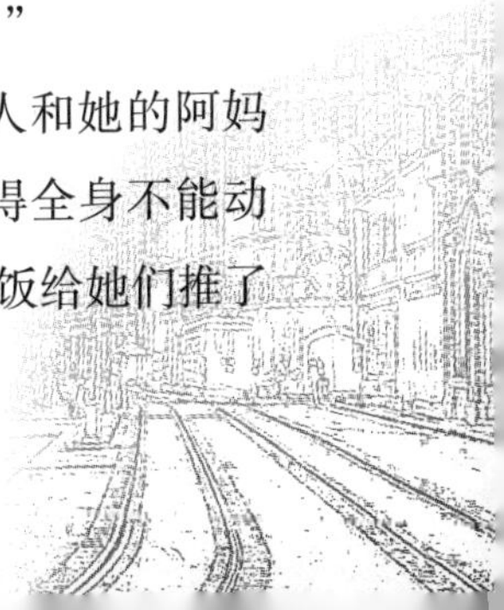

过去。当她们从惊吓中平静下来时，终于从桌下走了出来。阿妈感激地抚摸着桌子，厚厚的木板保护了她。出于感谢她点燃了几炷香。病人在惊吓过后恢复了平静，面对逃脱的劫难，疼痛似乎突然变少了。她再也不想躺在床上了。

好几天没有飞机轰炸，我们陶醉在一片欢乐之中。我们精神振奋，将饭菜做得更加可口，病人们也很满意。艾尔莎还没有做完足够的善行。我们曾短暂幻想，所有困难都已结束，甚至是冷酷无情的日本人也会变得比较仁慈。但几天前，一个日本士兵毫无理由地将一个中国老妪放在筐子里的鸡蛋用鞋踩碎了。另外一个日本士兵用步枪顶端的刺刀将一个矮小的屠夫挂在货摊上方的四只火腿扯了下来。这些事虽然没有产生什么严重的后果，但激起了中国人民无比的仇恨。

突然一切都静止了。我想起我的童年，当我在普拉特公园看到自动游戏机里活动的玩具娃娃突然停下的时候，我感到震惊：正在往桶里抽水的女仆不再摇动把手，风车停止了转动，坐在小房子前面矮小的祖母停下了手中的针线活，玩捉迷藏的孩子们呆呆地站在原地。直到我苦苦哀求父亲再给我一个十字币并把它扔进机器里，这个游戏才重新开始。

此时此刻，一切戛然而止——没有空袭、没有燃烧弹、没有警报，也没有解除警报。没有人敢松口气，也不敢相信战争真正结束。但是所有人都翘首盼望，这场对于朋友和敌人双方造成威胁的轰炸已经结束。

“孩子们，”厨房有人提议，“虽然轰炸没有真正结束，仅仅是较长的喘息时间，但是我们可以在没人看见的时候举办一场庆祝活动。反正厨房跟舞厅一样大。”

这是我生命中最值得关注的宴会之一。第三位帮厨，一位年迈的女人，曾经是柏林一家大酒店的主人，花了几天时间清洗了足足一火车车厢的蔬菜、土豆和绿色食物。她还带来了从德国抢救出来的桌布和四盏枝形蜡烛台。这种富丽堂皇的五枝形造型灯应该出自皇家，并且只有在大型的盛装宴会上才会使用。而这样的饰品现在用来装饰我们粗陋的桌子。艾尔尼和贝尔尼，两位洗碗工带来了祖父母家传的银质餐具。比起将他们的宝贝卖了换钱，他们更愿意刷盘洗碗。银质餐具不够，每个人在宴会时得到了一把银质的叉子、刀子或者勺子，然后再配上镍或铝制的普通厨房餐具。

大家也可以带来客人。厨房女总管带来了她丈夫。第二位面食厨师邀请了她的新任未婚夫并庆祝他们订婚，前不久她失去了丈夫。艾尔尼和贝尔尼带来了他们的女朋友，两位年轻的中国女人。皮普独自一人。米厨以前是维也纳的一家制鞋厂厂主，和汉斯·摩泽尔[1]模样相似到让人混淆的程度，他和第二位女厨师艾米，也就是他后来的妻子，以一种秘密的形式庆祝订婚。

除了没有舞台，其他地方都面目一新。男士们，每天一律系着粗糙的亚麻围裙干活，今天都穿上了黑色的西装甚至是晚礼服。几乎所有人都有金色的袖口纽扣、真丝的领带甚至金色的烟盒。女士们身着小晚礼服或者下午穿的连衣裙。所有人都在手艺精湛的维也纳理发师那里做了发型，他在上海也经营着一家不错的理发店。人们几乎认不出这个精心打造的团队了，

---

① 汉斯·摩泽尔（Hans Moser, 1880—1964），奥地利著名演员。——译者注

旧貌换新颜。

艾尔莎带来了一位原先鼎鼎有名、后来沉迷于鸦片无法自拔的W. 医生。她在街上偶然认识了他，并试图劝其戒除鸦片却没有成功。没人知道，艾尔莎在宴会前是否给W.医生注射了什么，与平日相比，他判若两人。之前对W.医生不了解的人还以为他是一位优秀的手术医生、社交名人、情场高手、女性宠儿。宴会结束前，两个人就离开了。她用手挽着他的胳膊，给人造成一种错觉，就像他送她回家而不是她送他。假象如此完美，令很多人信以为真，以为艾尔莎又把他重新变回了正常人。

米厨鲁迪不仅长得像汉斯·摩泽尔，他还可以惟妙惟肖地进行模仿。艾尔尼、贝尔尼和总是带着一张如乌鸦般漆黑的脸蛋跑来跑去而被大家称为“黑人”的铲煤工带来了乐器并演奏起来。此刻，他们仿佛不是汉堡人，而成了维也纳人。

吃完饭大家把桌子打扫干净，将值钱的东西放到安全的地方，然后开始卡巴莱表演和跳舞。鲁迪模仿了一个宴会之后想要把假牙借给邻居的妇女。他头上带了一块手帕，含混不清地咕哝着:“我的牙齿能感觉到，嗯，这汤可真是美味啊，鹅肉汤，之后还有紫甘蓝配鸭肉，不是吗? 女士，坚果薄面卷也不错呢。”

他站在那里，吧嗒嘴、咕哝、抱怨，人们几乎忘记了这里不是维也纳，忘记了战争的存在，也忘记了他不是那个真正的摩泽尔。

华尔兹舞曲响起，所有人跟着施特劳斯和林克的旋律翩翩起舞。红酒慢慢上头，我们或多或少都有点儿醉了。更加幸运的是，现在已是午夜时分，以往这个时候美军的炸弹已经掉落下来了。这是一个星光璀璨的夜晚，人们可以散步，可以做一个有关回家的梦。

在上海，女性的数量远远少于男性。男人如果在那里找到妻子，就会被称作幸运儿。无论这个女人是否年轻、漂亮、有教养，是否懂得操持家务，对于男人来说都无关紧要，女人仅仅只是他们故乡的一件替代品。虽然许多信仰天主教的女性自愿跟随犹太丈夫过着贫苦的流亡生活，但大部分女人都更愿意留在故乡或者选择离婚。许多犹太女人在希特勒暴政的恐怖中丧生，有的被带走、迫害，有的男人独自流亡异国他乡。因此，在我丈夫去世四年后，有人开始追求我。先后出现的有牙医、裁缝、书商、代理人和妇科医生。

牙医的妻子去世了，熟人安排我们见面时，他带来了他儿子。“嗨，妈妈，”小男孩喊道，“你会烤美味的蜂蜇蛋糕吗？来我们这儿吧。”

我可以烤“美味”的蜂蜇蛋糕，我也不讨厌这个小男孩。牙医在斯图加特有一栋房子和一个诊所，这点也令我相当满意。但是，当我想到自己的儿子独自在他乡飘摇，“是”这个字卡在我喉咙里。我想回到维也纳，或者去找我的儿子。

有一天，我在街上碰到了一个吉卜赛女人。她在我面前蹲下，把我的手拽过去，紧紧地握住。她开始用纯正的柏林方言给我算命。“咦，”我惊讶地说，这个所谓的“吉卜赛女人”凑近看着我。她将皮肤涂成棕色，穿着一件花里胡哨的长裙，戴着一个同样花哨的头巾。“您不是吉卜赛人吧？”

“我不是。但是您想做什么？这个世界丧心病狂。我要告诉您一点，我的预言比真正的吉卜赛人还要准。您的命运会被

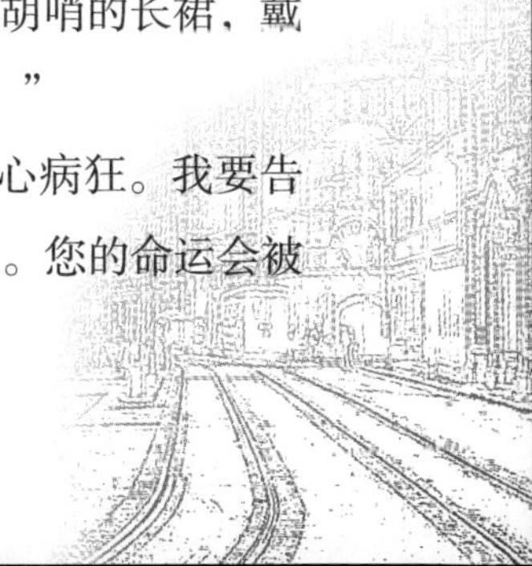

国外一对年轻夫妻决定。”

“我根本不认识什么国外的年轻夫妻。”我生气地说道，付了钱离开。我的亲朋好友里没有一对年轻的夫妻。直到我儿子在来信中告诉我，他已经结婚了。

后来的裁缝也是一位鳏夫，他有三个成年的孩子，一儿一女生活在澳大利亚。他邀请我去他家吃点心，接待我时还穿着他亡妻的薄印花平布围裙。他小心翼翼地把围裙系在优雅的西服外面，围裙左边口袋里还插着一把煮饭勺，在我做客期间他也没把围裙摘掉。虽然他的右手已经残废，但还是烤了一个香甜可口的圆锥形空心蛋糕。他希望可以和我、他儿子，如果我要求的话，也带上我儿子和素未谋面的儿媳妇一起移民澳大利亚，对于难民而言那儿是梦想中的国家。

我给儿子发了电报，他和他妻子的签证、旅费和工作都会准备好。他们的回答是：“我们要回维也纳。”

我没有再和那位裁缝交谈，虽然介绍人告诉我，他也愿意同我一起回维也纳。但“仅仅只是维也纳人”这个理由对于婚姻来说太微不足道了。

我的一位女朋友和那位牙医结婚了。我发现他们两个人相当般配，尤其是她也是医生，两个人都想移民美国。她既不想做饭也不想料理家务，这些都无关紧要，因为他们即将远行。

接下来是一位书商，他在柏林老家是一家洗衣厂厂主。希特勒上台后，他的妻子想和他离婚。两个儿子都由他妻子抚养。工厂也转让到她名下。为了送她丈夫去火车站，她一度陷入了危险的境地。她再三叮嘱他：“你到那儿之后，立刻要安排保险的事情。”火车已经缓缓开动了，她还在朝他大喊：“安排！人寿保险，如果你在那儿发生什么意外！”

他告诉我，妻子在火车站大声呼喊的刺耳声音一直在他耳边回响：“安排……如果你在那儿发生什么意外。她在火车站大声呼喊。我回过头，走进车厢。我流下了眼泪，并不是因为离别的痛苦。这是我与德国的分别，与家人的离别。她无论如何也不愿意带孩子们来火车站。如果有人看见他们的犹太父亲踏上了流亡的征程，会对他们造成伤害。”

虽然她不愿意跟随他一起流亡，但他还是给他们写信。回信来自她的姐姐：

“我亲爱的妹夫！让她随你而去，这是多么无理的要求。我们愤愤不平。除非你每天都把生蚝和香槟酒摆在她面前，她才会过去。”事情就这样解决了。

某一天，他过来跟我说：“我离婚了。我妻子和我儿子宣布和我脱离关系了。我不想再回到德国。当所有事情结束之后，我想去美国，您愿意跟我一起吗？”

我出去工作的时候，他在我房间写了封信：“亲爱的安娜，亲爱的孩子们！很多年没有听到你们的消息了。我必须接受你们不再给我写信的事实。如果你们给身处困境的犹太父亲写信，也许会对你们造成伤害。我所有的钱，也就是在美国的存款，突然被冻结，我变成了穷光蛋。有一天，我认识了一个女人，没有她的帮助我将无法生存。因此，我把与她共度余生视作自己的义务，我恳请你们知晓此事。我将跟她移民美国。当我们在那边站稳脚跟挣到些钱时，我一定不会忘记你们。我已经告诉了我在美国的生意伙伴和顾客。我打算开一家医院布草洗涤工厂。我相信，比起重返德国，我在那边可以更好地帮助你们。再见，父亲向你们问好。”

这封信很快就收到了回复：“我亲爱的！我收到了你的来信。我希望，你不会真的对我做出这样的事情。我将你的两个儿子抚养长大，你对我不会如此忘恩负义吧。我们现在处境艰难，你不能逃避对两个儿子的责任。我们在德国忍受着巨大的饥饿，我告诉你，你回来的时候应该带些什么。首先买一罐四十磅左右的板油，这些暂时够用。然后，我们所有人都需要鞋。我会将鞋号写在纸条上。别忘了，给我姐姐也买三双。在你困难的时候，她跟你说了实话。另外，我们还需要食物罐头……”

后面还附了一串没完没了的所需物品清单。我没有再往下看，但是我帮他设法买到了所有东西。他必须维护忠诚的名声，这是显而易见的。他妻子体重200磅，马上要过60岁生日了，她一定也会忠诚于他。

我的追求者当然不是同一时间出现的。他们在数年间相继登场。我只是按照时间顺序把他们串在一条线上，这几乎令我喘不过气来。如果我去了澳大利亚、美国或者其他地方，那我一定已经窒息而死了，因为我儿子回到了维也纳。我会因为永远的思乡之痛离开人世。

此时，发生了一件大事，世界上没有人会忘记。也许相距遥远，但每个人都无一例外地感受到巨大的震撼。

那是骄阳似火的八月，晚上也同样酷热难耐。我的床垫已经被汗水浸湿了，我好像躺在澡盆里面。我打开了斗室的门窗，好让过堂风缓解袭来的滚滚热浪，但是丝毫没有凉意。当我们搬进这个“房间”时，天花板上还挂着一个小电风扇。

在上海的穷苦中国人家只要他们住在房间里，而不是睡在大街上，家里也会添置这种奢侈品。当我被玛通茨先生解雇时，他就让人把电扇拆除了。他的做法无异于用东西堵住一个原本就即将窒息的人的喉咙。

突然，我听到了呼啸的声音，似乎是惊涛骇浪在暴风骤雨中卷上堤岸。我急忙套上薄裙子，冲到了街上。很快我就被摩肩接踵的人群挤得无法挪动半步。所有人都用我听不懂的汉语哭喊着。一些能猜出来意思的只言片语传进我的耳朵：太可怕了，简直太可怕了。但我不知道什么令人害怕。

所有人毫无目的地横冲直撞。如果我不想被踩扁，就只有跟着一起跑。我不清楚怎样的危险在威胁我们，但是我有一种感觉，我们身后有一些可怕的东西在靠近。整个晚上，一直到第二天凌晨，我们从这座巨大城市的一个尽头跑到另一个尽头，我们像气喘吁吁的马群，被无形的骑马人追赶，直到被鞭打直至暴毙而死。有时候，一个人跌倒在另一个摔倒的人身上。人们必须越过他继续跑，不能停下来。越来越多的人跌倒无法站起来，速度渐渐地放缓。偶尔有人被扶起来，靠在房子墙边。步伐越来越小，脚步声逐渐平息下来。一声呼喊让哀号停下来，偶尔听见有人小声嘟囔。

在一间茶馆里，扩音器调大了声音。人们将门打开，所有人都将头转向了扩音器。

有人大声用英语说：“日本天皇准备讲话。”这是我听懂的第一句话。街上鸦雀无声。有几个人找到那位用英语讲话的人，并询问刚才发生了什么事情。他解释道，美国人将可怕的原子弹投向了日本广岛，原子弹造成数千人死亡以及重伤。接

着他还说，广播传来消息，日本天皇宣布退位。为了结束战争，他宣布投降，终止罪行。

大家为了一场不明来历的事件而拼命逃跑，过了好半天所有人才恍然大悟，到底发生了什么。

我一直咬牙坚持，现在已是头晕目眩。我在一位难民的引导下趔趔趄趄地回到了医院。厨房工作人员都在，他们都待在这里，没有人卷入疯跑的旋涡之中。我想要讲述刚才发生的事情，叙述却很难合乎逻辑。因为整个过程听到的都是汉语，我只能复述一小部分英语：战争已经过去了，但我也不清楚是真是假。我简直不敢相信。多少次我们觉得战争已经结束了，但炸弹又从天而降。

惊心动魄的一晚过后，日本人突然销声匿迹了。中国人像久旱逢甘霖的花朵一般直起了腰杆。他们抬头挺胸地走过桥。在此之前如果桥中央站了一个日本士兵，中国人要磕三次头，然后出示他们的通行证。头必须磕到地，一位白发老人在行此大礼后甚至直不起身来。哪怕最低级别的士兵也被认为是天皇的代表。

庆祝胜利的时刻振奋人心，我连续多日没有好好休息了。胜利，伟大的胜利终于来了。大部分房间都太小，不能举办庆祝活动，但是中国人很乐于帮助我们。由于客人太多，房子没有足够的空间，人们直接走到对面的市场上。晚上人们把市场的桌子铺上桌布，精心装饰一番。受邀的人，以及许多没有被邀请的人也来了。大家也在这儿举办隆重的新年庆祝活动。我当然也参与其中，我坚持了前三个晚上。我对后来发生的事情一无所知，因为第三个晚上人们用平板车把我送回了家。

许多商店在橱窗里表演木偶戏。每个人都可以看到，勇敢的中国人是如何将日本人驱逐出去的。这部剧是人们花了一晚上时间构思出来的。人们挤在布匹商店或者鞋匠铺的门前，为的是欣赏橱窗里上演的爱国主义木偶戏。

人民群众不停地欢庆胜利，经久不息。他们像是历经千辛万苦之后沉浸在心醉神迷之中。我对一位难民讲述的故事感到震惊。

他站在市场上问旁边的人是否看到一个髋关节发育不良的小孩。他光着身子，一边抽泣一边漫无目的地跑过广场和街道。他跟人打听这个孩子，一个中国人告诉他：“你别管那么多，大鼻子，他会花掉你很多钱。”

但是难民对这个答案并不满意。一个小孩在庆祝的人群中四处乱跑，像一只迷路的小狗，穿过街道和广场。

“你说那个小孩髋关节有毛病？”我邻居给我解释道，凭借丰富的肢体语言和寥寥数语我们可以顺利地交流。“告诉那个外国人，他是一个被遗弃的孩子，因为有先天疾病。人们把他衣服脱光赶到街上，就意味着遗弃了这个孩子，不让他再回到家里。如果一个外国人想要关心这个孩子，就必须收养他。”

因此每个人都在躲避这个弃儿。只有一位拥有10个或者12个孩子的母亲在贫民窟里祈祷，弃儿会遇到奇迹，有人能够收养他。

我认识一位英国女传教士，她每天在卖热水的人那里买几桶烧开的热水，给一群被遗弃的残疾小孩洗澡，把一钵米饭分给他们。他们递给她一个用过的罐头盒子或者一块陶土碎片，往往递上的还是空空的双手。传教士穷困潦倒，养不起一个孩子，

但是她在力所能及的范围内做了一切可以帮助他们的事情。

有一天，我经历了一件意想不到的事情。我的门上塞了一封玛通茨先生的信。他客气地请求我，如果我愿意挣一笔可观的收入，就给他回个电话。“这是什么鬼把戏？这个诡计多端的老狐狸又在盘算什么？”我问自己。尽管如此，我还是给他打了电话。

玛通茨告诉我，别人在他这儿预定了一个精致的大蛋糕，但是他找不到合适的人送蛋糕。送蛋糕的最佳人选是一位会讲英语的女性难民，并且有一点儿时间可以和预订蛋糕的女士聊会儿天。

我和同事换了班，第二天去找玛通茨。一个华丽的蛋糕已经做好了，他用羊皮纸壳包装好。一辆事先付过钱的黄包车在街上等我。我坐上去，玛通茨把蛋糕放进我怀里，并送上美好的祝福。我简直无法想象他利用别人的时候表现得多么友好！车夫慢慢地、小心翼翼地将我送到一栋气派的房子门口。一位年迈的用人打开门，从我手中接过蛋糕并请我进去。房子的女主人在一间豪华会客厅接待了我。她穿着一件绣着仙鹤的蓝色丝缎连衣裙，头发上系了一条象征着哀悼的白色的带子。透过玻璃推拉门我看见旁边的饭厅，一位男士坐在桌子旁边。我进门时，他没有站起来。“不值得和一个难民打招呼。”我感到些许辛酸。

这位女士十分殷勤地招待我。她甚至还从水晶玻璃瓶里倒了一杯葡萄酒给我。如果人们可以想到在中国真正的葡萄酒是多么稀少和昂贵，就可以想象我有多么惊讶。仆人将茶水端到餐厅的桌子上。他打开玻璃门，深鞠一躬，把蛋糕放在男主人面前。可是他毫无表情地洞察着整个过程和我的出现。我们坐下来用餐。这位女士朝男主人鞠了一躬，我也照做。男主人一声不吭僵硬地坐在椅子上。当我再一次望向那边，才发现这个男人已经断气了。

“人们没有告诉您吗？我在他死后找人做了一个人体标本。我一刻也离不开他。他看起来难道不像还活着吗？”

我使劲儿咽下一口蛋糕。“当然了，女士。”

“一位杰出的艺术家做了他的复制品，来自欧洲的人体标本制作人。”

我感到透不过气。这个玛通茨！他肯定找不到其他人来送蛋糕。她温柔地看着这个木偶，将一块蛋糕放在他面前，给他沏了一杯茶。“亲爱的，我很可怜，”她跟我说，“他很仁慈。如果您认识他的话，您就会理解我的。”

我理解她，可这一切令我毛骨悚然。她家缠万贯却无所依靠。我请求她回到会客厅。之前她还从金色的小盒子里面拿了一根雪茄放在木偶的前面。我们又接着聊了一会儿。我背对餐厅坐着，感觉能轻松一些。

之后，在我的手提包里发现了一张面值较大的美元，在欧洲买东西时会派上用场。玛通茨先生的差事我再也没有接过。

说句真心话，我必须承认，比起我们结结巴巴地讲汉语，上海的中国人学德语容易多了。我们凑合学会说的汉语，用一只手的手指就可以数过来。中国人甚至可以按照不同的区域讲外语。在维也纳人聚集的舟山路上，阿妈和仆人们说维也纳方言，在唐山路上他们讲柏林方言，而在熙华德路上他们讲意第绪语。就这样隔离区又被划分为几个不同的区域。

有些难民雇用了阿妈或者男仆。家境不那么富裕的东正教犹太人只雇用一个“安息日男仆”，他的职责是，在星期六承担一位虔诚的犹太人不能做的琐碎之事。范潭林，一个年长的中国男仆，他给寡妇们和单身的男人们煮“沙伦特”[1]，一道用豆角、大麦渣和肥肉炖的热菜。他在周五提前准备好饭菜，送到面包师傅那里，花上一点儿钱把饭菜放进烤箱。安息日当天范潭林把热乎乎的午饭端上桌。

我们几乎听不懂汉语，因此也不太了解当前的政治局势。人们只是听说大量的游击队员正在向城市靠近。

究竟发生了什么，我们一无所知。后来别人在维也纳问我关于上海的事情时，我答不上来。这让我回忆起一位年迈的博物馆勤杂工，他在上学时总是告诉我们：“站在近处看亦如在千里之外。一幅画必须站在合适的距离以外才可以欣赏。”

他是对的。我们离这幅画太近了，在维也纳人们对上海的了解比从上海回来的我们还要多。

医院的病人越来越少，我们无所事事。谁如果对诉讼感兴趣，就可以去医院对面庞大的监狱旁听审判。

一踏进监狱宽阔的院子，人们就能看见关在牢房里的囚犯，因为对着院子的那面墙被打开了，装上了铁栅栏。在烈日炎炎的夏天，这对关押者意味着极大的解放。冬天再装上铁板。

数不胜数的上海居民在轰炸时逃到监狱，据说这是城市里唯一一座安全的建筑。我们在所有过道和大厅安营扎寨，自愿栖息在监狱里，躲避飞机的狂轰滥炸。

---

① 阿什肯那兹犹太人在安息日中午吃的一道热菜。——译者注

现在，轰炸袭击成了过去。美国人进驻上海，最终清算的时候到了。

“请您买了吧，这是最后一件了！”

如果不是声调听起来有些熟悉，我很难听清楚这个微弱的声音。尘土飞扬的集市广场上人来人往，在熙熙攘攘的嘈杂中很难听见她的声音。这个不同寻常的市场像是一夜之间凭空冒出来的。一天前，战败的日本人被允许公开变卖财产，因为他们即将遣返回家。晚上，他们把全部家当运到街道和空地上。成千上万件日本和服和欧比斯[1]——一种几米长的宽腰带挂在长长的竹竿上随风摇曳。漆器浴盆、绷着编织衣物的织布机、连同中国药剂师在内的药房、量身定做的西装，以及带有玫瑰庭院的独栋别墅，琳琅满目，无所不有。这是一场廉价甩卖。如果我告诉别人，看到这一幕时，我的心莫名抽搐，人们一定会把我当作叛徒严刑拷打。但是我没有说出来，而是藏在心里——我曾经历过类似的事情。

我停下脚步。“请您买了吧。”这个令人心碎的声音将我的思绪拉回来，我重新回到现实中。我面前一个身穿深灰色和服的矮个子女人，以日本人通常的下蹲姿势蹲在鞋跟上。她展开了一副精美绝伦的、几乎与真人一般大小的“儿童守护神”壁画。它由无数丝线缝制，再沿着轮廓剪下来，“儿童守护神”用一双歪长在梨形脑袋上的眼睛友好地偷偷瞄我。我决定把这幅壁画买下来，上面是尼古拉斯和蔼可亲的日本兄弟。

当我把这幅画卷起来时，这位女士好奇地从下面打量着

① 一种丝绸纺织品。——译者注

我。我突然认出来这张与之前判若两人的面容。我感到震惊，我弯下腰将她从地上拉起来，深鞠一躬。她是高本教授的妻子。

高本家是一对年迈的学者夫妻，二人沉默寡言。当他们还是“敌人”的时候，他们和我们夫妻俩在咖啡店度过了许多美好的时光。高本教授多年以前在维也纳学习生活过。我们彼此认识时他十分高兴，因为我们可以一起聊维也纳和我们的儿子。他虽然知道，奥地利早已今非昔比，也知道我们在匆忙中离开了维也纳，但他是一个对政治毫无兴趣的人。他也从未对他的祖国走上这条道路作出任何评价。这点可不像日本人。但是他向他的同胞介绍了许多生动有趣的欧洲艺术文化相关知识，从而搭起了一座沟通的桥梁，很可惜这座桥梁被战争毁于一旦。沉重的心事令这对夫妻忧心忡忡。他们很长时间没有收到儿子的消息了。他参加了战争，他们不知道他现在身在何处。士兵禁止泄露军队所处的位置。他只短暂地回了一次父母家，我也是在匆忙之中见到了他。跟很多日本人一样，他去看望了一位中国姑娘，由此我们猜测，那是他的秘密新娘。高本女士微笑着跟他丈夫说：“爱是不分民族和国界的。”高本一家并非眼光狭隘之人。他们全心接受这位中国儿媳妇，只要他们的儿子感到幸福。

我将高本女士带回了我家。她摇摇晃晃地走在我旁边并告诉我，三天后，他们就要出发了，但是还没有任何有关儿子的消息。我们默默地喝了会儿茶，分别时我答应出发当天会去码头送她。

之后我去了监狱。我去旁听美国法院的一场大规模审判，审判将对过去负有责任的上司和下级，也就是对以前的生死主裁者作出判决。我们只是一小部分听众，大部分都是新闻界人士，他们聚集在监狱临时布置的审判庭。

审判庭的后墙用星条旗完全遮住。当我们站起来迎接法官入场时，每个人都屏息静气，审判庭鸦雀无声。我的目光落到了站在我对面的被告人身上。人们按照中国的习俗，将年轻人的手和他们的同伴捆在一起，五花大绑着展示在众人面前。美国人借用了中国惯用的方法。

我的心像钟摆一样晃动不安，我迅速吞下一粒三溴片[①]。与此同时，被告人的名字正在被大声朗读：“名仓、矢本、合屋……”这个咸咸的药片将我喉咙刺得发痒，我不得不咳嗽起来。因此，后面的名字我没有听清楚，但是我似乎听到了“高本”。我面前的这位年轻人看起来和年轻时的高本先生有些许相似，我使劲儿用这种想法来安慰自己：在我们眼中所有日本人长得都一样，况且高本是一个常见的日本名字。

起诉人的证词如连珠炮弹般发射，在大厅哒哒响个不停。虽然和我们没什么关系，但令人无法忍受。我没有等到最后的判决就离开了，后来我打听到了判决结果。法庭翻译是继我之后第一个离开审判庭的人，他说，有三位被告人第二天将会被处决。我没有询问他们的名字。

第二天，我去了码头。密密麻麻的人群一步一步挪向早已准备就绪的拖船，拖船将把他们带回日本神户。我戴上眼镜，很快就发现了高木一家。两人都背着许多个用丝巾捆成的包裹，这是一种典型的日本打包方式。直到上船后，他们才看见

① 过去医院使用的一种镇静剂。——译者注

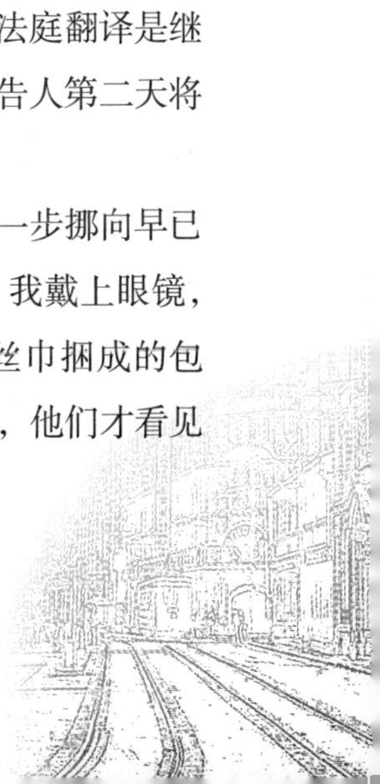

我并向我挥手致意。

此时，我被挤到了码头栈桥的边缘，恰好站在两位老人的对面。教授用眼神和手势示意我什么都别说。就算没有这个信号我也会保持沉默。高本先生为了给妻子收拾出一个容身之处去角落里整理包裹，这时候高本女士带着辛酸的微笑对我说："请您代我向儿童守护神问好，请您不要扔掉它。您看，它在我这儿已经没用了。"她知道，她已经失去了可以保护的孩子。

拖船渐渐离开了岸边。高本先生和高本女士用手在胸前划了个十字，对着我磕了三次头。我也弯下腰向他们深鞠躬——向一位母亲无声的悲痛致以真挚的问候。

有一天晚上我打算回家时，我邻居的年轻妻子——沈荷绿女士坐在木梯上哭泣。起初她并不愿意向我透露原因，后来才敞开心扉娓娓道来：我不能生育。我丈夫盼儿子三年了，祖父也急着抱孙子。我曾请上海最好的巫师作法显灵，但我母亲的灵魂也无济于事。

"你看过医生吗？"我想知道。

"看过，街角那位医生。他给我开了一种药膏，一小袋磨碎的药草，煮茶时将蟑螂放进去，但没有任何效果。后来我去了另一条街，那位医生坐在一把高高的木雕扶椅上。他声名远扬，虽然只有一个小店铺，恶劣天气下也有很多人前来看病。他儿子还在欧洲留过学，有时候会给他一些建议和药物。医生仔细地检查了我的眼睛，我丈夫买了最昂贵的药。可这些全都没有用。什么都帮不了我。"她讲完这段话又接着痛哭起来。

我沉思片刻。我突然想起来，我在医院认识一个很不错的妇科医生。我请求他给我的女邻居做次检查。他答应几天以后可以过来检查。

沈荷绿询问她丈夫，是否可以接受一个陌生男人的检查。她丈夫同意了，但条件是检查时他也在旁边。

过了几天，医生来了。他要求一张可以让病人躺在上面的桌子。“要桌子干什么用，躺上去做什么？”这个男人质问医生。医生试图用汉语向他解释原因。

“中国医生就不需要桌子，”男人吼道，“他们只看病人的眼睛，而且只有男人在旁边时才可以。”

“我需要一张桌子，病人必须躺在上面。”医生再次要求。这时沈荷绿的丈夫紧紧抓住医生的脖子，使劲儿扼住他的喉咙。医生挣扎着喘气，我赶紧跑过来帮忙。“你要帮这个卑鄙的恶魔？”男人大喊，把我撞到墙边。

医生和我躲进医院的厨房喝了杯咖啡，心绪渐渐平静下来。我很长一段时间都不敢回家，在不同的熟人家过夜，直到邻居的怒火逐渐平息。他虽然不跟我打招呼，但也不再咒骂我了。

后来的某一天，是沈荷绿洗衣服的日子。当我回家时，她正好在晾晒衣服。其实这根本不能称作晾晒，中国人把衣服的衣角绷在两股拧紧的绳子上，让衣服挂在上面被风吹干。

沈荷绿十分灵巧熟练地干活儿，人们的眼睛看得眼花缭乱。平时她会在干活的时候哼唱歌谣，那天我却没有听到任何声音。她看起来如此悲伤。

她特别细心地为她丈夫清洗一条缎面裤子并将黑色的丝绸上衣放好。我猜想，沈荷绿的丈夫可能进城和生意上的朋友商

谈事情。他拥有一个小商店，为船员购买大量便宜的威士忌和金酒。他还请海关官员吃饭，这都会有所回报。

丈夫离开以后，这位年轻的女人疲惫地坐在院子的石头上。那是一块洗衣石，她通常用木棍在上面敲打衣物。

我从阳台上向站在下面的她打招呼：“你还好吗？”

“不好，糟透了。”她回答。

“你不想让医生给你做检查吗？如果我们现在去医院那边，没有人会知道，主人肯定不会这么快回来。”

她悲伤地摇摇头。我知道，如果让她去医院检查，她宁可去死。过了一会儿，我看见她细心地梳理她美丽的长发、沐浴、更衣。她还穿上了锦缎上衣和崭新的黑色丝绸裤子，上面系了条小围裙。这条小围裙我从未见她系过。出乎意料的是，她还穿上了她最漂亮的一双丝绸绣花鞋。她开始准备各式各样的美味佳肴，一个给家里干活的年轻小伙子帮忙打下手。

他们显然正在准备一场隆重的宴会。小伙子将价值连城的红木木雕大桌擦得油光锃亮，并把它抬到院子中央，通常只有在大型庆祝活动时才会用到。一个名叫老贼的学徒拿来了一高摞彩色小碗，带有漂亮图画的瓷勺和他能够买到的最精美的筷子。伙计随后又送来了宴会餐具、灯笼和一把竹木梯子。

灵巧的老贼顺着梯子从院子爬到了我的阳台上。他本来可以走楼梯的，但是他很喜欢这种方式。没有经过我的同意，他就把一个厚厚的窗帘固定在我的阳台上，从四面八方阻挡我望向院子。他轻轻地撞了我一下并给我指，如何透过缝隙偷偷观察院子里发生的事情。这便是我在上海炎热的夏日傍晚得到的宴会邀请。

一切准备就绪。饭菜从蒸笼里冒出热气。一位小伙子站在小桌子前，用锋利的圆片刀切出如纸片一般薄的猪肉片，这些猪肉片堆成了一座小山。两大片肉乘坐“电梯”来到我这儿。这部“电梯”其实是一个带着绳子和金属钩子的小纸袋。老贼将钩子扔到阳台栏杆上并大喊一声：“拉。”我拉住绳子，这一小袋猪肉摇摇晃晃地朝我而来。我把这个很常见的中国名字“老贼”用维也纳方言读成了“Lauser”，这个单词有捣蛋鬼的意思，他名副其实。

我的女邻居并没有看向我，她用一种如此特别的方式请我参加了这场筵席。比顶针还要小的金橘撒上了糖，以及用白色罂粟谷物做成的糖棍都搭乘“电梯”到达我这个篱笆之外的观众家中。老贼给我送罂粟蛋糕的一幕被沈荷绿的母亲看见了，她一直在忙着收拾做饭。我自言自语地问道，这两位女士究竟怎么了？大红灯笼在楼下摆动，长长的红色纸带在风中摇曳，它们本是欢乐的象征。为什么两位女士如此哀伤？她们带着哭肿的双眼为宴会忙前忙后。

过了一会儿，沈荷绿拿来了一件光鲜亮丽的锦缎连衣裙，看样子是她亲手缝制和刺绣的。她将裙子放在长桌中间两把椅子之一的靠背上。除了祖父的椅子，剩下的凳子都没有靠背。但是祖父的椅子位于桌子的另一边，装饰也没有这两个座位那么富贵华丽。

距此几步之遥的地方放着一张稍矮些的大桌。桌子也铺上了漂亮的桌布并喜庆地装饰了一番，然而旁边并没有凳子。家仆和远亲蹲在旁边。后来，我看见沈荷绿也在其间。

暮色降临，我听见外面许多双赤足跺脚和木轮滚动的声音，

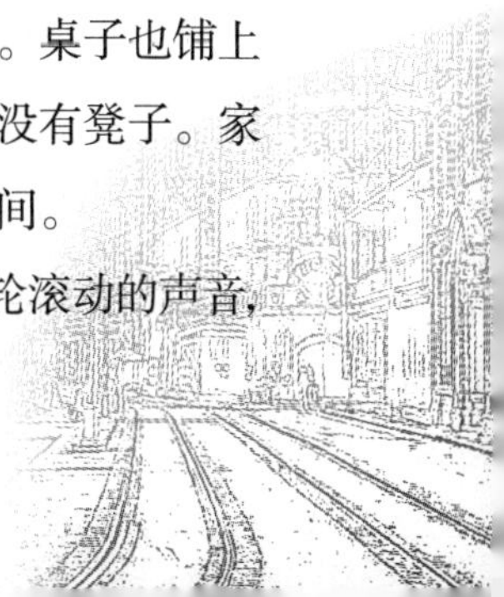

我好奇地快要疯了。老贼示意我藏起来，我的轮廓显然从下面可以看见。我往后退了一小步，但并没有离开我的观看位置。

首先出现的是一位德高望重的老人，他稀疏的胡须几乎垂到地面。一顶黑色的锦缎小帽装饰着他白发苍苍的脑袋，一件用高档精致面料做的长袍能够看出此人位高权重。老贼很快冲过去为这位不期而至的客人端来一把椅子。他后面跟着一位身穿高级定制西服的男人，一位裹着小脚的老妇人迈着小步紧随其后。这时沈荷绿的丈夫挽着一位优雅迷人的年轻女士走进了喜庆装扮的院子。他挥手向他妻子和妻子的母亲示意。两个人深鞠躬，温顺的沈荷绿头发都快要碰到地面了。她把那件华丽的连衣裙放到胳膊上方，谦卑地递给这位陌生的美人。“看来是位贵客。”我心想。

当老贼蹑手蹑脚走进他师傅的房间时，已经很晚了。他必须越过我的阳台，面对我的问题他笑而不语，也不肯透露这里发生了什么事情。

沈荷绿丈夫的房门始终敞开。我看见老贼如何给大双人床套上红色的丝绸床罩。之后他在旁边又小又窄的房间里支了一张寒酸的床铺，再溜进他与其他亲戚合住的宽敞后屋里。在此之前，我一把抓住他的胳膊问道，这张窄床是给谁支的，我以前从来没有见过。“给夫人。”他说。

“为什么给夫人？他们睡在大房间啊。”

“大房间，给新来的夫人。”老贼答道。我恍然大悟。

过了一会儿，纤瘦且不能生育的沈荷绿来了。她走进了大房间，红色的丝绸床罩光彩熠熠，她将大朵的红色幸运星花插进花瓶。接着点燃了清新的绿色熏烛，使蚊子远离“婚床”。

我退回房间，熄灭所有灯。我还注意到，她把一朵幸运星花从窗帘下面递给我。之后，她第一次走进了那个小房间，躺在新床上。我安静得就像睡着了似的，我听见隔壁轻声而压抑的哭声。

一种特别的情绪涌向我们这些难民的心头。战争在欧洲已经结束两年了。我们离开上海的那天在某一时刻随时会到来。我们患难与共，不幸让我们紧密地团结在一起。贫穷让我们成为兄弟姐妹，情同鱼水。这种集合体可以伴随我们一生。在后来的日子里，我们中的每个人都在不停地寻找机会，打听彼此的消息。一个“上海洋人”无论以后移民欧洲、美国、以色列还是澳大利亚，人们都会试图在各地的俱乐部、咖啡馆或者私人住所里相聚。

此时此刻，这种固定结构遭到了轻微破坏。因为如果有人幸运地在国外有亲戚，就可以在战争结束后尝试尽快移民国外。但这只是个别事件。

在美国犹太人联合分配委员会的援助下，流亡上海的犹太难民陆续离开上海。

人们必须在美犹联合分会报名并告知打算移民的国家。无数的问题摆在申请者的面前：你们为什么偏偏要去这个国家，那儿是否有亲人，你们想要从事什么职业，在那儿是否有前景？人们会被一再嘱咐，为了预防霍乱、黑水痘、黄热病等大量疾病必须注射疫苗。

在远东地区，注射疫苗是排在首位的公民义务。我曾经经历过一天之内打三次疫苗的事情：第一次，人们把我推进了日本的注射疫苗办公室，打完疫苗后没有签字，只是在一张很小的纸片上按下了大拇指指纹。不幸的是，我把这张小纸片弄丢了。当我坐公交车进城时，一位士兵突然站在我面前。我不明白他想做什么。他把我从座位上拽起来，并用步枪的枪托抵住我的后背。他把我赶到一个很大的木棚里。注射疫苗部队在那儿给人们注射。我试图解释我已经打过疫苗了，并给他们看我右胳膊上面的一个小针眼，结果却是白费口舌。人们给我左胳膊上又扎了一针，按大拇指手印，我又得到了一张小纸条。当我回到医院吃晚饭时，医生已经在厨房等我了：“快点儿，快点儿，所有人都打过了，就剩您了。”

还没等我张口说话，针就扎了下去，并递给我一个移民通用的黄色疫苗本。它同时也是一本护照。人们拿着这本护照就可以搭乘由大型运输船改造的客轮前往世界各地。

厨房的工作到最后已经相当轻松了。因为许多病人在获知希特勒已经不能再让世界陷入惶恐中以后，身体就恢复了健康。希特勒即将垮台之前，上海还曾经成立过一个戏剧小组，他们在广播里演出了剧目《恶魔的毁灭》。轮船在码头等候，节目播出以后演员们被直接送往澳大利亚。

女护士长艾拉给自己倒了一杯咖啡，我们其他人刚好也在休息。这些天我们请她给我们讲了她在上海的工作经历。我们知道，她以超凡的力量去帮助每一位需要帮助的人。她拯救了许多人的生命。

我们想听她讲那个故事。一个关于她卖小孩的故事。

一位疲惫不堪的白皮肤女人艰难地走在中国大地上。她以一种危险的方式靠近水边。她的第七个孩子将会在几个小时以后出生。一个上了年纪的中国女人正在驱赶水牛，她看出这位女人即将临盆。她乞求一位拉运货平板车的年轻人捎上这个女人，这个平板车很大，还有六个男人也一起帮忙。这群男人把拼命反抗的女人扶起来，放到平板车上并送到难民医院。没过一会儿，她的儿子就降生了。

同一时间，二楼的一位女士流产了，她丈夫是比较富裕的犹太难民，拥有一个刺绣工厂和200名中国刺绣工人。这已经是她第三次流产了，医生认为她很难再要孩子了。这时我把一个襁褓中呱呱啼哭的婴儿从底层抱到二楼，30个女病人安置在医院底层一间狭长的房间里，床挨着床。我从那位女士的床头柜里拿出一把小梳子，给襁褓中的婴儿梳理松软的头发，他的头发马上就卷曲成微微发红的金色鬈发。

“我们没有一把软梳。”我抱歉地说道。我们只有三块尿布和两件衬衫。我偷偷瞄了一眼那个装满精美婴儿服装的柜子，全都没人动过。

“您需要什么就拿走吧，护士小姐。”这位女士说道，她穿着一件绣满图案的睡衣，沮丧地躺在床上。

我把孩子放在她脚边的床上。这位女士直起身来，观察着这个婴儿。与此同时，我去柜子里取出了一些折开的尿布、一个枕头和两块法兰绒手巾。

“我可以拿走吗，仁慈的女士？这是第七个孩子。”

“您把所有东西都拿走吧。”这位有钱的女人说。

“我只拿孩子急需的东西。”我答道。

第二天我又来了，因为我们总是需要一些东西：有一次是爽身粉，之后是药膏。我们总是把孩子放到她脚边，她观察的

时间越来越长。这位女士有大量的母乳。她每天把母乳吸出来，让那些母亲不能哺乳的小孩喝。有一次，当主任医生来查房时，我刚好在女士旁边，他惊讶地看着我：

“护士，”他问，“为什么不让女士喂养这个孩子呢？”

“主任医生，我不敢提出这样的建议。”

“您很清楚，艾拉护士，他自己的母亲几乎没有母乳了。我不明白为什么，明明之前还绰绰有余。”

我很清楚原因所在。那个贫穷的女人几乎什么也不吃，她把每天领到的两杯牛奶都留给了她的其他孩子。她不知道除此之外她还能为孩子做什么。她丈夫身体不好，无法忍受这样贫困的生活。那位有钱的女士开始给贫穷女人的孩子喂奶。过去都是穷人给富人的孩子们喂奶。大厅里有一个孩子因为饥饿而号啕大哭时，我悄悄地跟那位贫穷的女人说——因为其他病人对此都相当好奇：

“她出500美金。”

“谁？”女人问道。

“那位给大卫喂奶的有钱女士。那个送您尿布和法兰绒手巾的人。”

“原来如此。她为什么不立刻要求把正在跳动的心脏从我身体里抢走呢？”她啐了口唾沫。

尽管我声音很小，其他女病人还是听到了只言片语。“她同意了吗？”有个人轻声问我。“500美金可不是一笔小数目。”另外一个人说。她们说得没错。美元当时的汇率很高，有美元人们可以拥有一切。几天以后，据说这位女士出价600美金。如果这位母亲同意这桩生意，对所有人来说都是最好的结果。那位贫穷的女人经过艰难的内心斗争后，这笔交易以1000美金的价格成交。她其他儿子如今穿上了精致的蓝色大衣。午饭甚至有肉，孩子们面对这异于往常的味道总是羞涩地品尝。父亲贪婪地享用着，这个女人却什么都无法下咽。

那位女士在环境优雅的市区租了一栋别墅——犹太人隔离区那时已经不复存在了，她和孩子一起搬到了那里。

有一天，孩子的亲生母亲独自坐了很长一段路程的电车。她在银匠那儿买了一个银饰小球，里面两个小铃铛一直发出叮铃铃的声音。小球上面有一个孔，红丝线从中穿过，这是幸运的标志。当女人换车时，小球在她的包里发出声响，人们转过头来微笑地望着她。因为她肯定有一个孩子，幸运小球通常是送给孩子的。她低着头坐在电车角落里直到终点站。她匆忙赶到公园，买了门票，坐在灌木丛后面的长椅上。从那儿可以观察门口的情况。正如几天前中国清洁女工描述的那样，过了一会儿孩子的女主人确实来了。孩子衣着华丽，躺在豪华的婴儿车里。女人心惊胆战地走进灌木丛，因为在拿钱时被告知看望孩子是绝对禁止的。她用一堆棉花把小银球裹起来，棉花是她早上恳求我给她的。她总来找我，我告诉她孩子现在过得很好。可是她必须要亲眼看到，否则会因为日思夜想窒息而死。她从藏身之处向婴儿车瞄准，小银球"砰"的一声落在精美的丝绸罩上。当她奔向公园出口时，小银球的声响和孩子抓住小球之后引起的欢呼声伴随着她的脚步。

傍晚时分，她又来找我。

"现在，"我问道，"您放心了吧？他过着衣食无忧的生活。"

这位贫穷的母亲微微一笑，她瘦削的脸庞和枯槁的面容在

那一瞬间显得楚楚动人。"他有着和我孩子相同的发色。"她说。"人们根本不会注意到，他不是她的儿子。也许她永远不会告诉孩子真相。"她倔强又无助地撇起嘴唇。"他就应该什么都不知道。那样只会让他像我一样伤心。"

"难道你不会为他的幸福而感到高兴吗？自从您亲眼看到他过得很好以后，难道您还不能平静下来吗？"

"是的，我相当平静。平静得像一座多年不喷发火焰的火山，它让人相信，它已经熄灭了。表面看起来相当平静，护士小姐，可内心一直在燃烧。"

难民医院得到了美国和其他国家各种不同的捐赠，从食物到新的救护车。通过这些慷慨大方的资助，我们所有人的生活也越来越好了。贵格会教徒用旧衣服填满了整座教堂。我们在那里可以给自己拿一些保存较好的大衣、鞋子和连衣裙。

我获得了新的身份，我成了一名愿望厨师①。医生告诉这些人："您可以吃到一切您想吃的东西。"对于大部分人来说这是最后一顿饭，有人想吃卷心菜面片，另一个人想喝浓咖啡配圆锥形空心蛋糕。

还有一些人想要健康。这是对努力工作的一份绝佳的报酬，然而当我刚开始工作时，这完全是一种奢望。

一场无休止的争论拉开了序幕。直到所有矛盾化解，一共持续了四年之久。1.9万名难民再次踏上旅途，并非所有人都有明确的目的地。在人们想清楚打算去哪儿之前，也许一年时

① 按照危重病人的愿望安排饮食的厨师。——译者注

间已经过去了。因此，我们仍然一起在厨房工作。不管是为了移民或者返乡，所有事情都必须开始着手准备，我们有足够的时间深思熟虑。

决定去海外的人们，希望可以挣到足够的钱帮助欧洲的亲人。所有人都需要别人的帮助，因为德国和奥地利几乎被夷为平地。人们无处安身，颠沛流离。委员会为“流离失所者”提供前往美国和澳大利亚的旅费。做出决定并非易事，因为人们此刻所做的决定，也意味着对余生的裁决。

两手空空地回家也不轻松，留在家的人也一无所有。人们盼望着他们至少能带一些小玩意儿回家。

在这儿我必须先说一下：在同事的帮助下，我已经为启程打包好所有家当，但却在当天遭到了入室抢劫。只剩下了身上穿的衣服没被偷走，一件黑色的连衣裙、一条白色围裙和一顶厨房小帽。我悲痛欲绝。我的两条连衣裙、大衣、手表、鞋子、内衣裤、床上用品，所有的一切都被小偷从窗户上扔到了旁边的小通道，显然有车在那儿等着，它把所有东西都运走了。我的同事为我这只不幸的乌鸦四处奔波，设法弄到最急需的物品。有人给了我一件几乎全新的大衣，它穿上有点儿紧；还有人给了我一个天然波斯羊毛蝴蝶结和一顶相配的帽子。不合适的地方艾尔莎连夜给我修补好了。一个机构捐赠给我三床可有可无的床单，另外还找到了几个枕套。大家收集了所有能派上用场和我缺少的东西。他们还给我拍了几次照片。我穿着酒红色的大衣，配上波斯羊毛蝴蝶结和漂亮的帽子，看起来端庄高雅。

在我等待启程的这段时间，我儿子已经回到了维也纳。我因此更加迫不及待。维也纳被战火严重摧毁。我完全无法想象，维也纳如欧洲的亲人信中写得那般糟糕。

“那么，他们会为此感到高兴吗，你像乞讨者一般回家，成为他们的累赘？”艾尔莎再三斟酌，她又开始无微不至地关心我。医生去世了，艾尔莎慈母般的善心需要另外一个悉心照料的对象。她跟我说：“别傻了，跟我一起吧。我们两个人可以做到的。你不是我的负担，但是谁知道你要不要回到那边？他们自己也没什么吃的。”这番话令我心碎。

“你可别被她弄得神经错乱了，”皮普说，“她想把每个人都塞进婴儿的裹布里随身携带。你自己也可以做到的。你一定会再次摆脱困境。相信我。”

当每个人都为移民或者还乡做好准备时，我的内心始终犹豫不决。这是一段失去理智的日子。几个世纪以来，我们的民族四处漂泊流浪。我们已经忘记，我们一出生就带着拐杖。也许是因为我们不愿意承认，我们总是将脑袋钻进沙土里。

当我们即将被遣送回国的希望越来越接近时，我写信告诉儿子，我孤身一人回家。我必须让他做好再也无法见到父亲的思想准备。

他回信说已经有所预感，我正因此才应该回家。我身无分文不能成为不回家的理由。

“我们都一贫如洗，”他写道，“但是我们已经回来了。我们有手有脚，可以工作。我们没有很多食物，但我们也不会饿死。可怜的爸爸那么悲惨地离开人世，这难道还不够悲哀吗？我们还要失去你吗？我们不想让你去异国他乡挣钱来帮助我们。我们患难与共。另外，我们还没有到穷困潦倒的地步。我们昨天去了剧院。虽然天气寒冷，但是首场用德语表演的精彩演出令我们热血沸腾。坚强点儿，一旦有可能就回来吧。”

我最终下定决心回到维也纳。

这几天，我又见到了孔先生。他是一名建筑师，我们开咖啡店的时候，他和我丈夫成了要好的朋友。他喜欢出入于犹太难民开的饭店，并接触一些欧洲人。

孔先生是这样向我们介绍自己的：“我姓孔，我是一个犹太人。”我们对此感到可笑。没有人会认为一个眯缝眼的男人是犹太人，他还穿着毛皮做里衬的中式长袍。

从那天起，他每天都会来我们店里喝几杯浓咖啡，再吃一大堆蛋糕。

他通过在维也纳留学的中国学生获悉，那儿的新建筑层出不穷。我丈夫必须花几个小时的时间给他讲新建筑的所有细节。我丈夫给他画了这些建筑物的草图，此时他的好记性派上了用场。偶尔他们还会一起下盘棋。

当时还发生了一件很奇怪的事情。一位上了年纪的女难民过生日，孔先生想让她高兴，于是就订了一个欧式的生日蛋糕。他甚至要求玛通茨先生的面包师按照我曾经做过的样品，用糖霜在蛋糕上写上“衷心祝福您生日快乐！”的字样。那是一个华丽的大蛋糕。

约好的那天，孔先生没有去取蛋糕。三天以后，他又出现了，他向我们承认：“我把日期记错了。我还以为有很多过生日的人会买这个蛋糕。但是，它三天以前就放在橱窗里，看起来已经有点儿不好了。所以我过去把它取回来。我一个人把蛋糕吃完。”

我们建议他，把蛋糕分一下按块出售，但是他坚持要带走，不让我们有任何损失。我以成本价将蛋糕卖给他。有几块他当场吃掉了，剩下的他装好带走了。过了一会儿，他又过来说道：“这是剩余的钱。如果你们之前将蛋糕卖掉，就可以得到全部的钱。”

临近启程之前，我又碰到了这位孔先生，他显然看出了我的想法和担忧。山上的坟墓，埋葬我丈夫的地方，还没有墓碑。谁会来打扫这个孤零零的坟墓呢？见面时他告诉我：“我保存了五块小的花岗石板。明天我们把石板带到山上。四块给坟墓砌墙，还有一块作为纪念碑。”

孔先生是中国人，他镌刻的墓志铭是匈牙利语的，由我预先写在一张纸上。也许偶然会有人从墓旁边经过，会看到这句话。除此之外，这份纪念只能深深地印在我们心中。

孔先生没有收我的钱，他知道我没多少钱。我们在坟头还种了一棵树，一棵生命之树。希望它如今已枝繁叶茂。

在人们登记旅程的办公室，我是第一批打算返回欧洲的难民之一。我面前放着一张表格，我必须在上面签署拥护奥地利的声明。在此之前，我都没有国籍，一个被取消国籍的人。一艘美国的军队运输船已经为乘客安排好。运输船不会非常舒适，然而我们最终踏上的不是愉快的旅行，而是回家之路。“猎鹰”号军舰是第一艘在上海港口搭载犹太难民回国的轮船。

轮船离开港口时，我引起了巨大的轰动：

我还在医院的时候，用真正的中国染发膏给我那苍苍白发染了颜色。我的头发因此变成了黑色，因为中国没有其他颜色的染发膏。我无论如何也不想让儿子看到我满头白发。为了不让同事看到我染了黑发，我裹上了一条厚厚的头巾，类似于中东地区的特本头巾。我一直在厨房工作到启程的当天，当我走进厨房，迎接我的是哄堂大笑。染料和汗水如小溪一般流过我的脸颊。

突然，同事皮普大喊一声：“您看起来就像阿富汗皇帝，阿曼·乌拉！”

所有人跟他一起喊道：“阿曼·乌拉，阿曼·乌拉！”

这个名字一直伴随我至今。当我在街上、公园里或者咖啡馆碰到一个“上海洋人”，他肯定会用“你好，阿曼·乌拉”跟我打招呼。

这位阿曼·乌拉可汗虽然在1919年宣布脱离英国统治实现阿富汗独立时已广为人知，但是我相信，因为我他才真正流行起来。

当我们作为第一批返乡者跟大家告别时，厨房全体人员决定送我们前往港口。厨房为此还关门了。病人们的饭是凉的，有人用一个大壶给他们煮茶。

如果人们愿意的话，可以在傍晚出发之前上船。人们可以铺好床在那儿睡觉，然而几乎没有人会利用这个机会。大部分人把行李摆放整齐，再把小件行李放到床上占好位置，之后站在栏杆旁边望向下面的人们，那些曾经与他们长期联系在一起的人们，望向流亡生活中的同伴们。

我必须照管好用货车运到港口来的一件大行李。我把阳台上的藤椅装到了车上，一把漂亮的圆形大藤椅，但很容易被剐蹭。我原本没有想过要带回这把藤椅，但它是人们留给我的唯一一件东西。在港口，人们已经开始装货了，我漂亮的藤椅

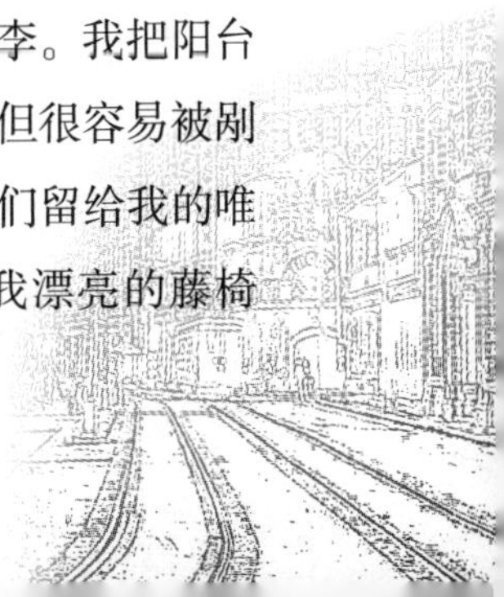

原封不动地站在原地。我很担心，藤椅放在箱子下面会被压坏。乘客们排起长队陆续上船。我把藤椅装好，我必须抱住它，才能把它完全抬起来。当我抱着藤椅登上跳板时，我所有的朋友都站在码头边。

突然，他们大声地呼喊“阿曼·乌拉，阿曼·乌拉”，以至于船长都冲了过来。“谁是阿曼·乌拉，阿曼·乌拉？阿曼·乌拉，阿曼·乌拉在哪里？”他想知道。当他四处都没有看到阿富汗统治者时，他迷失了方向，而我的朋友们如同20只马戏团的老狮子一般呐喊。

中国“墨汁”如涓涓细流淌过我滚烫而泛红的脸颊。为了从第二排更清楚地看到我，皮普坐在高个子贝尔尼的肩上，米厨坐在还要高一大截的艾尔尼肩上。我绝望地跑回客舱，把脑袋放进洗脸盆。然后，用两块手帕凑合把头发擦干，戴上帽子。

朋友们在下面呼喊我的名字。幸运的是天已经黑了，人们在码头灯光下看得不是很清楚。虽然他们很冷，却依然坚持了一整夜。他们还随身带着一大保温杯的茶水。茶水一定用朗姆酒稀释了，因为第二天早晨他们所有人都无法再站起来。

人们在海关提醒我们，不管是金条、鸟皮，还是伟大的革命家、国民党的创始人、中国人崇拜的英雄孙中山先生签名的文件一律不准带出中国。由于没有乘客携带这些物品，海关检查很快也很顺利。

所有乘客都试图站到靠近船舷的位置，这件事就没那么顺利了。“您让我站前面吧。”一位老妇人抱怨地说道。“您站哪儿对您来说无所谓，但是我也许是最后一次见到我的约西了。”约西和妻子还有孩子们站在岸边。他在等移民保证书，他要和他的家庭前往美国。父母被送回奥地利，对于他们的年纪来说，新的开始举步维艰。他答应父母，当他开始新生活时就接他们过去。

“到那时已经有其他人来接我了。”老妇人说道，人们看着她，仿佛她说得是正确的。我们退到边上，把位置让给这位老妇人，这也许是她最后一次看见儿子和孙子了。黎明时分，我们的轮船启航了。我朋友突然开始唱歌。他们的歌声那么悦耳动听，全体船员包括船长在内都侧耳倾听，稍稍推迟了启航的时间。“明年再相见，耶路撒冷再相见。”这是一首古老的送别歌曲。我们其中的一些人后来确实在耶路撒冷重逢。但是，我回到了维也纳。

我们就这样离开了港口。

有的人很幸运，其他人有些许悲伤。没人知道等待自己的是什么。我们必须未雨绸缪，欧洲的食物分配应该相当紧缺。我们带了罐头。每个人还得到了两个援外救济包。除此以外，每周会给我们一条美国的香烟。我也可以拿。

大部分船员和服务员都是黑人。一个黑人老头总是站在我椅子后面，他雪白的头发和漆黑的面孔形成了奇特的对比。我经常询问他家的事情。他每次碰见我时都容光焕发。船上的水果很少。但我总会得到最鲜美的苹果，它们放在我的餐具上，让人嫉妒。

我的这位朋友叫诺亚·布莱克，他给我看他孩子和孙子的照片。我可以认出所有人，女儿米丽亚姆、最小的儿子乔治、最小的孙子丹迪，他的小脑袋看起来像一只波斯小羊羔，就在这时船长叫我过去。

“我想恳请您，女士，不要跟船员聊天，尤其是黑人船员。非常抱歉，我必须提醒您。我原以为您知道此事。”

“我应该知道什么？”我反问道。“为什么我不可以跟诺亚·布莱克讲话？仅仅因为他是黑人？我不认为诺亚·布莱克和我之间有任何分别。他同您和我是一样的人。”

船长转身离开。他又一次回头，出其不意地说道：“我不愿意作出任何评价，女士。如果您想和我共同抵达终点，我请您服从我们的规定。”

诺亚·布莱克为了不让我陷入一种难以想象的境地而刻意回避我。这对他来说也一定颜面尽失。我觉得这个规定是一种耻辱，并对此深感悲哀。

一个弱不禁风、瘦骨嶙峋的年轻女人为了死在维也纳而搭乘这艘轮船。她有一个只照顾她的私人医生。她丈夫为了满足她最后的愿望，送她回家。她跟许多在上海的人一样得了肺结核。

船上还有一个怀孕的女人，身体里孕育着即将诞生的生命，她像那位临终者一样被持续的恐惧所包围。

但一切都很顺利。孩子在航程刚过四分之一时降临人间。那个女人是天主教徒，跟随她丈夫流亡上海。由于船上没有天主教神父，船长为孩子洗礼，并取名“法尔科尼亚”[1]。但这并非基督教名字，人们把这个刚刚出生的姑娘叫作玛利亚，并加上船长的名字艾伯塔。玛利亚·艾伯塔·法尔科尼亚得到了堆积如山的礼物，其中大部分来自黑人船员，他们全都是天主教徒。

---

① Falconia，原意猎鹰，取名来自船名“猎鹰”号。——译者注

诺亚偷偷地送给受洗礼的孩子一枚金币。船长赠送给这位孩子一个细细的带有他名字字母图案的金戒指，这是以前别人送给他的礼物。他为他的受洗者感到骄傲，并经常去看她。

逃亡上海的旅程持续了九个星期。而这次大大缩短的航线带我们经过了香港、新加坡、苏伊士运河，最终到达那不勒斯。乘客之间的接触并不多。

有几次，我碰见了一个体态肥硕的男人，他呼吸困难。大部分情况下他脸像煮熟的虾一般红，偶尔又像死尸一样苍白。他一周以前刚刚结婚，但是人们从来没有见过他和他的新婚妻子同时出现。就算吃饭也是各吃各的。要想讲述这个男人的故事就必须追溯到几个月以前。

在我的流亡生活即将结束之时，一位女邻居来找我。她开了一家大餐馆，生意不错，她还想在上海多留一段时间。“您今天能来我们餐馆吃晚饭吗？”她问我。“我想给您介绍一位男士，他很适合您。他身体不好，不过我坚信，经过您的照料他的病情很快就会好转的。他失去了妻子，现在孤身一人。”

我礼貌地表示感谢，但并没有接受邀请。我想一个人独自回到维也纳。后来我听说，我还没有与他相识，他就已经和另外一个人结婚了。

我在船上碰见的那个肥硕的男人，算是我之前的结婚候选人。关于他和他年轻的妻子可讲的事情很多。为了能够活下来，这个男人必须一直呼吸新鲜空气。在船舱里他随时都会窒息。但是他不允许年轻的妻子陪他去甲板。他想要一个人去，并强迫她待在船舱里。她想聊天，但是丈夫命令她独自坐在小箱子上并一直坐在那儿：“如果我们在维也纳，你可以随意聊天。你

可以每天去剧院、电影院或者咖啡店，你也可以买你喜欢的东西，我都没意见。但是在旅途结束之前，请你待在船舱里。”

真是匪夷所思，但这个男人有一个绝好的理由，箱子里有一笔财产。这个男人是一个珠宝商人，他把所有库存的珠宝放进小箱子里，从维也纳运到上海，再从上海运到维也纳。因为他知道，这个女人不会保持沉默，所以他不会与她分享秘密。可是她不想服从他的命令，有一天他还打了她一记耳光。

与我们不同——为了让我丈夫不会被再次抓走，我从来都不敢随身携带我的订婚戒指——这个男人却拯救了他全部家当。旅途中他经常生气，刚到维也纳不久他就去世了。他年轻的妻子继承了百万家产。

一大清早，我们就到达了苏伊士运河。运河的建造者雷塞布的纪念碑被各种明暗色调的云霭所笼罩，从浅粉色到火焰般的枢机红[①]。那时视线还不是很清晰，我们的船立刻就被小船上喧闹的商贩包围了。

运河往往同时只能通过一条船，我们前面还有许多船在等待，轮到我们至少要到晚上了。

一般情况下——和我们一样上次旅途经过苏伊士运河的一位乘客解释道——“流动商贩”不会兜售食物，因为大部分时候和营养良好的乘客是没办法做生意的。我们却是个例外，因为我们的目的地是食不果腹的奥地利。当一个卖橘子的商贩迅速卖出商品时，价格随着需求突然上涨。几筐又小又酸的橘子、几盒黏糊糊的拉哈特果子冻都以高得离谱的价格卖出。

---

① 一种红色，因枢机主教的红衣而得名。——译者注

商品突然之间又便宜了很多。“这是一个明确的信号，我们马上就要出发了。”一位熟悉海事的老人说道。事实上驶入运河的所有准备工作已经就绪。

当我们到达塞得港时，天已经亮了。我们整晚无眠，目睹轮船通过运河狭窄的水道。这番经历独一无二，因此我们毫无困意。我们伸开胳膊就可以触碰到岸边，农民和他们的骆驼像彩印画一般从我们身边经过。

在塞得港又出现了常见的买卖。这里也只卖橘子、无花果和枣子。因为不管是手提包、狮身人面像图案的皮包还是装饰丰富的骆驼鞍子，在当时的奥地利都没有用武之地。只有凉鞋遭到乘客们的哄抢，我只买到了一双。对我儿子来说，这鞋显然太大了，后来我们用它置换了一公斤奶油。

那不勒斯满目疮痍的景象令我们触目惊心，我们即将与送我们返回故土的“猎鹰”号轮船告别了。

船长的告别晚餐真可谓饕餮盛宴，各种珍稀禽类摆上餐桌。我只吃了米饭、沙拉和冷冻的食物，并小心翼翼地将我的四分之一的烤鸡、烤鹅、一部分雄火鸡，还有四分之一个鸭子都装进了口袋。我希望能把这些美味佳肴安然无恙地给我儿子带到维也纳，据我所知，火车里寒冷如冰。因为船长接到一封电报：“派X号货车前往那不勒斯接人。”

如果没有提前得到通知，面对可怜巴巴的牲畜车厢时我们一定会悲痛欲绝。我们从船上拿了大量的水果板条箱、纸箱以及其他可燃物品。每节车厢有一个冒烟的小圆铁炉，可以烧火取暖。除此之外，每个人得到两个救济包，还有一盒滴滴涕用来消灭有可能出现的虫害。

我动作麻利地把餐厅的胡椒罐倒光，因为我听说奥地利没有调料。船长刚好进来，他笑着从厨房给我拿来了一大罐胡椒，这些胡椒够我用十年。

重病者由红十字会直接送到维也纳，新生儿和他母亲也由专车送回家。

我们走进准备就绪的牲畜车厢。燃烧材料尽可能地公平分配，我们很快就把车厢变得温暖起来。

我们的车厢被封闭起来，一个警探随我们穿过意大利，防止我们下车、给意大利国家带来负担。但是，当地人很有生意头脑，他们预料到可以和我们交易各式各样的商品。他们带来所有他们认为我们需要的东西，因为这列特殊的火车的行程早已流传开来。大多数情况下，他们想用食物和罐头交换美金。有一次，在某个地方我们也用煤球交换了一条香烟。

从那不勒斯到维也纳，我们用了一周多的时间，因为火车在所有能停和不能停的地方都会停下来。

一位去维也纳办事的农民登上了我们的火车。我们喜出望外，因为终于可以跟一个奥地利人谈论奥地利了。“哦，你们从哪儿来？从中国？不可思议！这是真的吗，或者你们在逗我玩儿？我现在就想立刻返回，现实太糟糕了，你们根本无法想象。没有吃的，没有烟抽，没有酒喝，没有燃料。”他叹了口气，打开了大包，切下来一块面包和一块熏肉，从烧酒瓶里喝了一大口烧酒，一边吃吃喝喝一边哀怨悲叹。之后，他点燃了烟斗，烟草味恶臭难闻。

我们嘲笑他，然而我们不知道城市和乡下的情况完全不同，乡下的人们可以吃着熏肉、面包，喝着自家的烧酒还会激动地抱怨不休。

我们对农民的兴趣很快就消失了，因为我们看到了一些很久没有见过的东西：葡萄藤。

“孩子们，”一个人喊道，“秋天的时候这儿全是葡萄。”我们来的地方没有葡萄和葡萄酒。谁愿意喝进口的葡萄酒，就必须花很多钱。我们并不想念葡萄酒，但葡萄美味可口。一位母亲正在给女儿描述这种神奇的水果，眼中闪烁着光芒，她女儿出生在上海，还未曾见过葡萄。

火车在快到维也纳的地方停了下来，我们等待着来自维也纳的命令。汤锅在炉灶上冒着热气。我们从火车上走下来。一个胳膊上挎着篮子的男人给我们每个人手上塞了一个酥脆的葛缕子圆形黑面包。我惊愕地看着它，我已经九年没有见过这种东西了。上海只有软绵绵的白面包，我手中突然拿着一个“波斯尼亚圆面包”。这个表达源于波斯尼亚占领时期。我还可以清楚地回忆起，我们家的厨房女仆总是和一个波斯尼亚人出双入对。我尤其喜欢奥地利士兵的红色菲斯帽，我在公园散步时经常看得入迷。

我偷偷亲了一下久违的圆面包。作为对我们的欢迎，每个人从冒着热气的锅里分到了一长柄勺的蔬菜汤。我们回到了故乡奥地利。但是过了大半天，我们的火车才终于慢悠悠地开到了维也纳的站台上。

一个年轻女人啜泣着把已经压扁的圆面包塞进我手里：“您拿着吧，我没什么胃口，您会对此感到高兴的。”

泪珠从我的脸颊上滚落下来，她问我：“您怎么了？回家的路上您那么高兴，现在我们到了，您怎么哭了？”

“我思前想后，不禁激动地哭了。我一个人回来了。希望我儿子在车站等着我。他再也见不到他父亲了，这是一场悲伤的回归。也许儿媳妇也会来，我却完全不认识。人们难免情绪激动，没必要大惊小怪的。”

“天哪，”这个年轻女人说着，再一次抽泣，“您至少还有人等，现在只剩下我孤零零的一个人了。”

“怎么会这样，您丈夫在哪儿呢？”

“我丈夫在意大利离开了我。上车的时候他突然消失了。”

“真是个疯子！我们到维也纳时，您一定能找到他。他肯定在另一节车厢里！”

“不，不，他没有一起来。他在上海时就告诉我，他不愿意回到奥地利，如果我不跟他去美国的话，他就只身前往。他已经做了很久的准备工作。我以前不相信，他可以完成他的计划。他抓住了一个绝佳的机会，悄悄地溜走了。”

我们的车厢始终停留在站台的进站口前面。天气潮湿阴冷，我们冷得要命。我的双腿几乎已经不能挪动了。我已经八天没有换连衣裙和脱掉靴子了。

一个男人突然无缘无故地大笑起来，他破口大骂：“你们，当我看见你们时，你们看起来就像一群无赖。我们变成什么样了，医生先生？您曾经拥有维也纳最好的牙科诊所，现在您的手指甲脏得跟修锅匠一样。就算人们因疼痛而丧生，也没人愿意让您的手伸进他们的嘴巴里。商业顾问女士，您曾经是维也纳穿着最为得体的女士之一。看看您那脏兮兮的毛衣，您不会认为，从镜子碎片中看见的和您是同一个人吧！”

他把一面破碎的镜子放到她鼻子底下晃了晃。

当他接二连三地辱骂车厢里的乘客时，所有人都火冒三丈。

“您为何要说这些，疯子！”牙医喊道。“我们清楚地知道，我们成了一群冒险家，我们也必须成为冒险家，因为人们让一个疯子四处乱跑，而没有将他关进疯人院。但是，您不会威胁到我们，不会！”

然而，他仍然没完没了地嘲笑所有人。一位恼羞成怒的旅客狠狠撞了一下他的腰部，扇了他一记耳光。因为他直到旅途终点都无法停止大笑和辱骂，他被移交给一位医生去做精神状况的检查。

这件事情像细菌一样渗透、蔓延，在旅程即将结束前将所有人卷入其中。两位女士吵架，原因是其中的一位女士在小圆铁炉快要熄灭时丢了一个破纸盒进去。

“您竟敢如此放肆，把我的纸盒扔进火里！您必须给我赔偿，小偷！”因为一个旧纸盒就被称为小偷，这未免有点儿过分了。

我们始终站在原地。人们要求我们提供注射疫苗证明。一位医生过来查看，车厢里是否有病人。最后给每个人手中塞了一张写着旅馆或者临时住所地址的纸条。后面的车厢里有人弄来了一碗水和一块肥皂。这些东西从一个人的手中传到另一个人手中，每个人至少可以洗洗手。火车站水池里一股冰冷的水流是我们返回家乡需要重新适应的第一步。

一位没戴帽子的白胡子老人站在刺骨的凛冽寒风中。我们起初并不知道，这位耐心登上每一节牲畜车厢的先生是谁。最后有人说：“这是克尔纳将军，维也纳市长。”他感谢我们，在极度贫困和物资匮乏之时，在需要每个人为千疮百孔的城市重

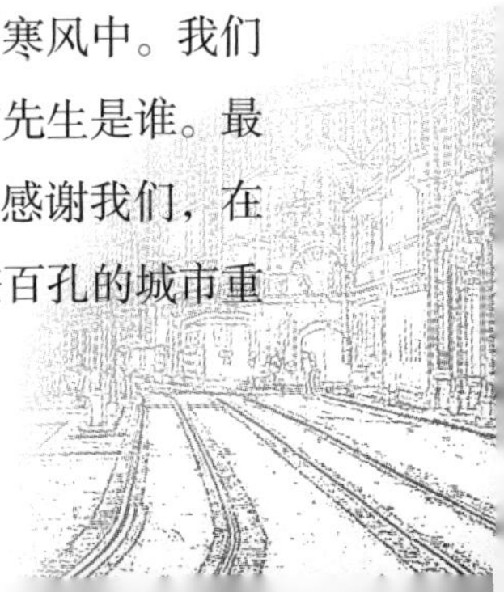

建尽力之时，成为第一批返回家园的人。他的话如此简单质朴，我们把每句话都当作一个友好的欢迎礼物。

当克尔纳市长来到最后一节车厢时，第一批乘客已经在临时厨房前面排队等红烧肉了。第一节车厢的乘客可以看到挤在门口的亲人。我们从远处可以望见，他们如何彼此问候。

我相信，我的一生从来没有像此刻的等待那样激动万分。行李卸下来，装进手推车。搬运工、铲雪工和那些想趁此机会得到一根烟抽的人都来了。

我们的神经快要绷断了。为了远远望见等待的人群，有人想出了最疯狂的办法，想要爬到停在旁边的火车顶上。一位女士开始掉眼泪，另外一位打了个寒战，开始浑身发抖，不得不被医生接走。

一位站在我旁边的女士拽着我的袖子："那是我的马尔维娜。她穿着一件被子做成的大衣。那儿，那件枣红色的，带黄色花纹的袖子是被子花边做成的。您往那边看，您看见她了吗？"

我必须承认，此时此刻我对马尔维娜的大衣毫无兴趣，然而她的叫喊声分散了我的忧虑。

她们都很消瘦，比我们瘦得多。我们在最后的流亡岁月里，至少拥有足够的食物。尽管如此，所有人看起来都心满意足，很多人深感幸运。

不久后，所有人都在某个角落看见了自己的亲人。只有我没有看到一个有可能是我儿子的人。"他们没有得到我们何时到达的通知。"我说道，连我自己都无法相信。

"但是，所有人都已经被通知到了。您有他的地址吗？您可以坐车过去。对于年轻的男士而言，这天简直太冷了，他会在家里等您。克尔纳先生说为我们准备了五辆卡车，它们带着我们的行李前往我们想去的地方。您也可以一起。”

我问我自己，我儿子是否有一个这样的家或者也必须住在临时住所里。他们也刚流亡归来，一贫如洗。想到这儿我大声说道：“不，我和你们一起去旅馆或者临时住所。他肯定生病了，否则他一定在这儿。”

“您儿媳也可以来啊。”有人不怀好意地说道。牙医打了个圆场：“也许她已经来了，只是她们不认识彼此。”

“如果她在这儿的话，可以喊名字啊。但是，她并没有这么做。没有人喊她的名字，否则我们都会听见的。”

时间从未像在火车站时如此缓慢地流逝。卡车将坐在行李和箱子上的乘客依次送到目的地。之后卡车再返回，接走其他的乘客和箱子。几位家属带来了自己的手推车，将行李运到家里。这一切进展得很慢，轮到我们的时候也许到晚上了。

毫无疑问，我儿子没在这儿。我的精神支柱濒临坍塌，我开始大声呼喊：“奥托，奥托！”

一位老人朝我走来：“萨比娜，你在叫我吗？我前不久刚从集中营释放出来。对不起，我认不出你的样子，我的视力太差了。”

不，天哪，我很同情这位半盲的老人，但他并不是我的儿子。

我做了最后一次尝试，呼喊我们的姓氏。一位男士出现了，他的姓氏与我相同，但他母亲在我们出发之前已经离世。尽管他在公报上看到了讣告，但他还是抱着一丝希望来到火车站，希望一切只是个错误。

其他几位同行者也徒劳地等待着他们的亲人。我们一起绝

望地寻找着理由。

火车站逐渐沉寂下来。我们矗在那儿，坐在箱子上，手脚冰凉，说几句话，沉默，接着再走几步。

突然之间，一群人涌向站台。他们上气不接下气地问道：“你们已经到了？”

“我们已经到了一整天了。”有人说完就哭了起来。

“为什么？人们给我们的信上写着，你们的火车晚上七点才抵达。现在还不到七点！”

接待委员会的一位成员向怒气冲冲的人们道歉，有一些信里的时间出现了错误。第二遍通知已经来不及了。但是，现在所有人都赶来了，我却始终没有看到我儿子的踪影。

“打扰您一下，”一位女士说道，“其他人都被亲人包围了，我不敢过去询问。我听说，您来自上海？我有一个儿子在前线打仗。我听说，几位士兵可能流落到了远东地区。他叫汉斯·穆勒！也许您在那儿见过他。在远东，他的金黄色头发和蓝眼睛在黄色面孔之中一定会引起您的注意。”她从包里掏出一张图片。可惜在八百万人口的上海我从未见过这位汉斯·穆勒。

那位女士接着说道：“请您别生气！我只是随便问一下。”

当一位年轻人走向我时，我已经彻底绝望了。他让那位女士先把话说完。

“打扰一下，仁慈的女士，”他明显有些尴尬地说道，“请问您是我的母亲吗？”

儿子的这个问题为我的流亡生活画上了句号，也成为故乡新生活的开始。